Vaters Prinzipien:
»Zinnober oder Kokolores«

# Klaus Fredi Funke

## Vaters Prinzipien:
## »Zinnober oder Kokolores«

**Bibliografische Information der Deutschen Nationalbibliothek**
Die Deutsche Nationalbibliothek verzeichnet diese Publikation
in der Deutschen Nationalbibliografie; detaillierte bibliografische
Daten sind im Internet über http://dnb.d-nb.de abrufbar.

© 2013 Klaus Fredi Funke
Umschlagdesign, Satz, Herstellung und Verlag:
BoD - Books on Demand
ISBN 978-3-7322-7297-6

Für die Männer in meiner Familie.

Mein Dank gilt:
Anne, Christa und Paulina

# Der kleine Meilenstein

Ja, manchmal übersieht man ihn
der großen Steine wegen
sobald ein bisschen Gras dort wächst
die können sich erheben

Die Großen lassen sich behauen
für Könige und Grafen
gewichtig ist das Ebenbild
zum Ruhme für die Taten

Da steh'n sie nun
zum Zeichen der Geschichte
so für die Ewigkeit gedacht
den Blick hoch aufgerichtet

Der kleine Meilenstein wird nicht bedacht

Der kann sich müh'n
der kann sich strecken
verzweifelt größer machen

als er ist
er wird an Orten von Legenden
als Kunstwerk niemals enden

So sei ihm dies' Gedicht gewidmet
auch für die Ewigkeit gedacht
da soll er nun in kleiner Dichtkunst ruh'n

doch meilenweit bedacht

Kindheits- und Jugenderlebnisse können kleine Meilensteine sein, die jeden Menschen auf ganz besondere Art prägen. In ihrer einfachen und schlichten Schönheit vermitteln sie uns Freude in dieser Welt.

Als Ruhrgebietskind möchte ich meine Erlebnisse erzählen.

Gehen Sie mit auf eine Reise in die Vergangenheit.

Erinnern Sie sich dabei vor allem an die wunderbaren Begebenheiten, die Sie selbst erlebt haben.

# Inhalt

Der kleine Meilenstein   *7*
Herzensbildung   *13*
Barfuß und befreit   *19*
Ein jähes Ende   *21*
Minuten voller Angst   *27*
Der Eiswagen   *34*
Rote Rosen   *39*
Kinderliebe   *44*
Mit den Elfen auf der Wiese   *47*
Kleine Regisseure   *53*
Der Pantoffelheld   *59*
Ein unausweichliches Bedürfnis   *64*
Freundschaft   *71*
Eine Sternstunde der Pädagogik   *77*
Schöne neue Welt   *82*
Eine Fußballgeschichte   *88*
Eine neue Mitschülerin   *92*
Steinzeitkarpfen   *98*
Bergsteiger unter sich   *102*
Umzingelt   *107*

Die Herbeder-Ruhrbrücke  *113*
Die Mutprobe  *122*
Eine pastorale Geschichte  *127*
Ein ungewöhnlicher Fund  *131*
Not macht erfinderisch  *136*
Das Supertalent  *140*
Wettkampf an der Ruhr  *146*
Eine Hundegeschichte  *150*
Eine Frage der Ehre  *154*
Ruhrwiesenbekanntschaft  *165*

# Herzensbildung

Der Lohn meines Vaters, der sich in den Jahren meiner Kindheit als Hilfsarbeiter bei Rheinstahl verdingte, reichte unserer Familie oft nicht, um über den Monat zu kommen. Es war der einzige Verdienst für eine ständig wachsende Zahl von Kindern.

Am Ende waren wir fünf.

»Für das Leben ist es zu wenig, für das Sterben zu viel«, hörte ich meine Mutter oft klagen. Nicht, dass wir uns nicht einschränken konnten, nicht sparsam waren, meine Mutter etwa mit Geld nicht umgehen konnte, im Gegenteil, sie war darin geradezu virtuos. Häufig aßen wir Eintöpfe in wechselnder Folge: Erbsensuppe, Linsensuppe, Graupensuppe; Graupensuppe, Linsensuppe, Erbsensuppe. Eintopf, in einem besonders großen Topf gekocht, wurde verlängert und reichte so fast immer für drei Tage.

Durchhalteparolen gab es kostenlos in Form einer Lebensberatung. Kommentare aus der Verwandtschaft lauteten etwa: »Bei den vielen Blagen können die doch vorne und hinten nicht hochkommen.«

Für diese begleitenden Randbemerkungen sind wir noch heute äußerst dankbar, da sie uns immer motiviert haben, unser bescheidenes Leben, trotz dieser dummen, überflüssigen Kommentare und gegen alle Widrigkeiten auch fröhlich zu gestalten.

Wenn das Geld mal wieder nicht reichte, ließ meine Mutter im hiesigen Tante-Emma-Laden »anschreiben«. Sie schickte mich mit einem Einkaufszettel und der Zusicherung los, wir würden die Ware im darauffolgenden Monat bezahlen, sobald mein Vater mit der Lohntüte käme. Freundlich lächelnd bekam ich die Lebensmittel, die im Folgemonat prompt bezahlt wurden.

Wenn der Kauf von Bekleidung anstand, die Hose oder Jacke das »Stacheldrahttrauma« mehrmals mit sauberem Flicken überstanden hatte, aber in der Größe zu klein geworden war, fuhr meine

Mutter, die Einzukleidenden im Schlepptau, mit der Straßenbahnlinie 310 von Heven aus ins Zentrum von Witten. Bei diesem Ausflug gönnte sie sich ein Gedeck: »Kaffee und Kuchen, aber das im Angebot, bitte.«
Wir Kinder bekamen Kakao mit Kuchen!

Die Maxime unserer so gelebten und kultivierten Bescheidenheit dehnte sich auch auf die Hilfsbereitschaft für andere, insbesondere ältere Menschen, aus.
So hielten uns unsere Eltern dazu an, auf öffentlichen Plätzen und in Verkehrsmitteln stets aufzustehen und unseren Platz für betagtere Menschen anzubieten. Flugs und behände Dinge aufzuheben, die heruntergefallen waren, oder etwa besagten Menschen aus der Nachbarschaft bei schwereren Einkaufstaschen behilflich zu sein. Als Belohnung bekamen wir meistens ein Stück Obst und waren damit zufrieden.

An einen Ausnahmefall erinnere ich mich noch sehr gut, nicht weil ich etwa unzufrieden gewesen wäre, sondern weil ich entgegen meiner Erwartung ganze fünfzig Pfennig bekam.

Nun, für fünfzig Pfennig konntest du zu unserer Zeit noch zehn große Lakritzstangen bekommen oder zehn Lutscher.

Zu Hause angekommen, zeigte ich stolz meinem Vater das silberfarbene Geldstück, nicht ahnend, dass ich es umgehend wieder zurückzubringen hatte.

»Die ältere Dame, die neben Priesner wohnt, ist doch alleinstehend und bekommt sicher nur eine kleine Rente. Du grüßt schön von uns, gibst ihr das Geld zurück und sagst, eine Banane …«

»… oder ein Apfel, oder eine Apfelsine ist auch genug, ich weiß«, beendete ich diesen Satz.

Nicht, dass mein Vater nur geredet hätte.

Nein, er schritt als Vorbild stets voran, so manches Mal zum Leidwesen meiner Mutter.

»Der gibt noch sein letztes Hemd ab«, tönte es oft im Kreise unserer so innig geliebten Verwandtschaft.

Ein Höhepunkt war mit Sicherheit, dass er an einem freien Wochenende einer älteren Dame ein oder zwei Zimmer tapezierte, ohne dafür einen einzigen Pfennig zu nehmen. Die zählte ihm nämlich die Pfennige und Groschen einzeln auf den Tisch, kramte und suchte verzweifelt weiter in ihrem Portemonnaie, bis sie ganze einundzwanzig Mark zusammenbrachte.

»Das ist alles«, sagte sie, »mehr habe ich nicht.«

Leise fügte sie hinzu: »Ich wusste nicht, dass es fünfzig Mark kostet!«

Zu dieser Zeit lag der Preis schon bei hundertfünfzig Mark für ein Zimmer.

Die Devise »Nimm, was du kriegen kannst« war Vater völlig fremd.

»Fredi, du bist viel zu billig«, das hörte er zu dieser Zeit nicht nur einmal.

Er ging nicht in die Kirche, hatte keinen Pastor, der ihn für seine Nächstenliebe segnete, hatte keinen Glauben an Gott oder Engel, die hätten erscheinen können, um ihn zu stärken.

Er besaß nur ein großes Herz, das ihn sagen ließ, sie solle das Geld wieder einstecken, weil die geschmierten Käsebrötchen so lecker waren.

Zu Hause angekommen, entschuldigte und rechtfertigte er sein Verhalten in schauspielerischer Weise vor meiner Mutter.

Mehrmals spielte er ihr vor, wie die ältere Dame ihre Pfennige auf den Tisch gezählt hatte. »Dass sie sehr verzweifelt war, dass sie ja auch gar nicht wusste, wie viel ein Zimmer zu tapezieren so kostet, dass er schließlich und endlich trotz aller Bemühungen bei seinem Preis zu bleiben, zum Schluss keinen mehr hatte verlangen können.«

Mit einer versöhnenden, erlösenden Geste streichelte meine Mutter ihn am Arm und sagte zu guter Letzt: »Fredi, beim nächsten Mal brauchen wir das Geld. Nimm dann genau wie die anderen ruhig mal hundertfünfzig Mark, mindestens aber hundert. Hörst du!«

Ja, und die hätten wir dringend gebraucht!

## Barfuß und befreit

Meine Erinnerungen beginnen in so weiter Ferne, dass ich nur noch einzelne, schemenhafte Bilder sehe.

Kennen Sie noch den Laufstall aus Buchenholz, der den Bewegungsdrang der Kinder in erwünschte Bahnen lenkte und den Eltern das Aufpassen erleichterte?

Auch in unserer Familie gab es solch einen Laufstall, der an schönen Tagen auf einer Wiese im Garten stand.

Meiner Freiheit beraubt, saß ich gemeinsam mit meinem um ein Jahr jüngeren Bruder mitten in einem abenteuerlichen Gelände in der Frühjahrssonne.

Voller Unternehmungsgeist zog ich mich am Holz des Ställchens hoch. Es gelang mir, ein Bein über die Brüstung zu schieben. Dank meines Dickschädels und dessen Übergewicht landete ich auf der Seite der Freiheit.

Mein Bruder wollte es mir nachtun. Er steckte mir sein Ärmchen durch die Gitterstäbe entgegen, ich zog daran.
Leider erfolglos. Seine Wange klebte förmlich an den Stäben. Er begann zu weinen.

Barfuß stand ich auf den Zweigen einer kleinen Birke.
Das Sonnenlicht funkelte durch das helle Grün der Blätter.
Ein leichter Wind streifte um meinen Körper.
Schmetterlinge tanzten auf der Wiese.
Ich hörte das Lachen meines Vaters, fühlte seine behaarten Arme, als ich von der Birke hintergehoben wurde.

Wippend auf den Zweigen zu stehen, war es die völlige Freiheit.
Nun nicht ganz! Den Dickkopf habe ich vergessen.

# Ein jähes Ende

Alles begann mit einem lauten Knall.

Einem Knall, der die Unerbittlichkeit des Daseins besiegelte, eine Unendlichkeit des Vertrauten von mir nahm.

Als es geschah, saß ich auf dem Schoß meiner Oma, um wie gewöhnlich ihren Erzählungen zu lauschen.

Wir wandten uns um und sahen fassungslos, dass Großvater ausgestreckt und bewegungslos am Boden lag. Hastig stellte mich Oma auf meine Beinchen und fiel jammernd auf ihre Knie.

Auch ich begann zu weinen. Mit einem Arm zog sie mich an sich. Unter ihrem festen Griff trippelte ich mit ihr nach oben zum Kopf meines Großvaters.

Großmutter nahm den reglosen Kopf in ihre beiden Hände. »Rudolf!«, rief sie ein um das andere Mal. »Rudolf!!!«

Nur dieses eine Wort.

Ein Wort, in dem gleichzeitig Entsetzen, Furcht

und bange Angst klangen. Doch auch in der Verzweiflung war die Liebe hörbar.

Nachdem ihr das leblose Gesicht nicht antwortete, sosehr es vielleicht auch gewollt hätte, sosehr es Kummer hätte vermeiden wollen, sein Mund tröstende Worte hätte finden können, glitt sie abwechselnd mit einer Hand an den Unterarm und an den Hals ihres Mannes.

Sie wollte nicht aufgeben!

Du gibst einen geliebten Menschen nicht einfach her.

Nein, du forderst den Tod, stellst ihn in einem ungleichen Duell.

Doch wie lange kannst du dich gegen das unabwendbare Schicksal stemmen?

Verzweifelt versuchte meine Großmutter immer wieder, den leblosen Oberkörper aufzurichten.

Sie war eine starke Frau. Sie hatte sich als Waisenkind durchkämpfen müssen, war als Kind von einem Bauern aufgenommen worden und verteidigte als junge Frau erfolgreich ihre Ehre, als er ihr nachstellte.

Später lernte sie meinen Großvater in einer Gaststätte kennen, in der samstags Tanz war. Dort konnte man eine Spieluhr mit einer Münze »beschenken«. Mein Opa besaß die passende Münze, bat Oma um ihre Hand. Und sie tanzten sich in ihr Glück.

Auch das Schicksal hat ein Einsehen, eine Selbstverständlichkeit.

Wie sie war er elternlos aufgewachsen und arbeitete als Landarbeiter in der Nähe. Die Liebe zeigte ihr schönstes Gewand.

So ging mein Großvater in dem besten Anzug, den er hatte, und der sein einziger war, zum Herrn seiner Auserwählten und teilte ihm mit, dass er die Emma heiraten wollte.

Der junge Mann kämpfte sich durch all den Hohn und Spott hindurch, den der Bauer ihm entgegenwarf: »Wovon willst du denn die Emma ernähren? Kannst ja froh sein, wenn du selbst gerade mal dein Essen hast.«

Allmählich schwand die Kraft meiner Großmutter, während sie immer wieder versuchte den leblosen Oberkörper aufzurichten.

Ab jetzt konnte sie nur noch davon zehren, was das Leben ihr geboten hatte. Ihr unumstößlicher Entschluss lautete: »Einen Mann wie meinen Rudolf werde ich nicht wieder finden.« Oft habe ich sie so reden hören.

Kraftlos ließ sie nun den Körper zur Erde sinken. Sie nahm ihre Hand von ihm und strich mir immer wieder über Wange und Haare. Sie umarmte mich, alles an ihr zitterte.

»Der Opa hat sich schlafen gelegt«, sagte sie und wiederholte: »Ja, der Opa hat sich schlafen gelegt. Bleib hier, ich komme gleich wieder.«

Ein kurzer Blick folgte, sie verschwand durch die Tür.

Ich sah die Pantoffeln meines Opas und wollte sie ihm ausziehen.

Langsam füllte sich der Raum mit Menschen.

Eine Frau nahm mich schnell auf den Arm und verließ mit mir das Zimmer.

Meinen Opa sah ich erst in einer Leichenhalle wieder.

Er lag aufgebahrt in einem Sarg. Dieser stand weit im Raum.

Als meine Eltern und ich an der Reihe waren, um uns zu verabschieden, wurde ich an den Sarg geführt.

»Gib doch dem Opa noch einen letzten Kuss von uns auf die Wange, darüber freut er sich sicher«, hörte ich eine Frauenstimme hinter mir sagen.

Mit meinen vier Jahren war ich zu klein, um sein Gesicht zu erreichen. Ich fühlte, wie meine Beine angehoben wurden.

Fast wäre ich auf meinen Opa gefallen.

Mit den Händen musste ich mich am Sarg abstützen.

Eine Aura der Kälte schlug mir entgegen.

Sein Gesicht war jetzt sehr nah.

Die Augen waren geschlossen.

Ich drehte mich weg.

Seine gefalteten Hände lagen auf dem Bauch.

Widerwillen machte sich breit.

»Gib doch dem lieben Opa einen letzten Kuss«, hörte ich erneut diese Stimme.

Mein kleines, tapferes Herz siegte, ich küsste meinen Opa. Erschrocken zog ich meine Lippen zurück. Es war ein eiskalter Kuss. Während der gesamten Trauerfeier beobachtete ich das Gesicht meines Opas.

Ich wartete auf ein Lächeln.

# Minuten voller Angst

Erinnern Sie sich noch an die Zeit, in der Ihre Kinder klein waren und in den Kindergarten gingen? Als Sie die kleine Tochter oder den kleinen Sohn, in den neuen Lebensabschnitt begleiteten? Als Ihr Kind zum ersten Mal an Ihrer Hand den Kindergarten betrat, voller Stolz die neue Butterbrottasche vor sich hertragend? Diese lederne Tasche, die nur einen Schnappverschluss aus Metall hatte, in der, eingewickelt in Pergamentpapier, ein Brot mit Wurst oder Käse lag? Vielleicht war auch ein Stück Obst dabei.

Während sie das kleine Eingangstor hinter sich schlossen, hielt Ihr Kind vielleicht schon Ausschau nach der großen Schaukel, mit der man dem Himmel so nah sein konnte, ja fast mit den Füßen die Wolken berührte, wenn man nur ordentlich Schwung hatte. Oder es suchte den großen Sandkasten, um dort Berge, kleine Landschaften mit Blättchen und Hölzchen entstehen zu lassen, in denen auf Streichholzbeinen Menschen und Tiere aus Kastanien oder Eicheln ruhten.

Bei aller Vorfreude hatte Ihr Kind vielleicht auch ein wenig Angst vor dem Neuen.
Bitte stellen Sie sich das genau vor.

Ich war zum Zeitpunkt meiner Geschichte ungefähr fünf Jahre alt. Es war ein warmer Sommertag. Ich saß nicht weit entfernt von der Wohnung meiner Eltern auf einer wilden Wiese, auf der auch Ginsterbüsche wuchsen. Die gelben Blüten und ihr intensiver Geruch umfingen mich. Zufrieden pflückte ich hier und da ein Gänseblümchen, hielt es näher vor meine Augen und drehte es. Manchmal hielt ich es zu hoch, sodass die Sonne mir in die Augen stach und ich blinzeln musste.

Im hohen Gras musste ich an eine Kuh denken, die doch all dies hochgeschossene Gras frisst. Ich bemerkte jetzt eine schwarz-weiße Kuh, die auf meiner Wiese lag und gemächlich das Gras kaute.

Je länger ich die Kuh beobachtete, desto mehr wurde ich selbst zur Kuh. Meine Kiefer begannen auf und nieder in großen und trägen Bewegungen zu mahlen und zu malmen.

Alles geschah in stoischer Ruhe und völliger Selbstvergessenheit.

Heute wäre ich über eine derartige Entschleunigung des Lebenstempos sehr dankbar.

Ich weiß nicht, wie lange ich so auf der Wiese saß, bis mich ein lauter Zuruf jäh aus meinem Tagtraum riss.

Jetzt erst wurde mir klar, dass ich schon einige Halme zermalmt und heruntergeschluckt hatte.

»Kleiner, watt machst du denn da?«, hörte ich eine männliche Stimme. Im Näherkommen rief sie: »Du kannst doch kein Gras essen. Die Hunde pinkeln doch hierhin. Da sind doch Bakterien dran. Davon wirste noch krank!«

Riesig groß stand er vor mir. Deutlich hörte ich seinen Atem. Windstöße pfiffen über meinen Kopf hinweg.

Der ältere Mann nahm seinen Hut ab, wischte

sich mit einem Taschentuch über die Stirn, schaute auf mich herab und seine Stimme wurde barsch: »Spuck dat ma ganz schnell wieder aus!«

Sofort gehorchte ich und wischte immer wieder mit meinen kleinen Händen über meine herausgestreckte Zunge.

Als ich sie ihm in voller Länge zeigte, war er zufrieden: »Gut so.«

Dann ging er.

Wieder allein, saß ich auf der Wiese und betrachtete erneut das Gras. Von der Kuh war keine Spur mehr zu sehen. Stattdessen erschienen Bilder von anderen Tieren, die in meinem Bauch wuchsen. Wesen krabbelten auf den verschluckten Halmen herum, nahmen von mir Besitz und vergifteten mich. Langsam breitete sich Angst in mir aus, wurde immer größer und stärker und gipfelte in dem Gedanken, dass ich jetzt unweigerlich sterben musste.

Mit dem Tod hatte ich schon meine Erfahrung gemacht.

Zwei Bilder standen mir vor Augen:

Der Tod kommt schlagartig und unerwartet.

Ein halbes Jahr zuvor, während ich auf dem Schoß meiner Großmutter saß, stand mein Großvater auf, um seinen Stumpen zu holen, seine angerauchte Zigarre.

Er fiel um und war sofort tot.

Der Tod ist absolut und unabänderlich.

Als ich mich in der Kapelle von meinem Opa mit einem Kuss verabschieden sollte, spürte ich die Kälte und Starre seiner Wange. Vergeblich wartete ich auf sein Lächeln.

Auch ich konnte dem Tod nicht entrinnen.

Etwas Unfassbares wollte mir mein Leben nehmen.

Durch das Sterben kann man also das Leben verlieren.

Meine Angst wurde immer größer, ich suchte Schutz.

Den konnte ich nur bei meinen Eltern finden. So schnell wie möglich lief ich nach Hause. An der Tür kam mir mein Vater entgegen und fragte mich: »Was ist denn mit dir los?«

Seltsamerweise bewirkten diese Frage und die anschließende Umarmung, dass ich mich sofort beruhigte, ohne etwas zu sagen. Nach einer Weile wurde mir jedoch klar, dass die Wesen in meinem Bauch weiterlebten und offensichtlich nicht von selbst verschwinden würden. Diese Bakterien, die mein Schicksal vom Sterben besiegeln würden.

Als ich mit meinem Vater auf dem Sofa saß, brach die Angst vehement aus mir heraus. Der Wille, zu leben, ließ mich aufbäumen, ich wollte mich wehren gegen das Unvermeidliche. »Vater, ich hab Gras gegessen! Muss ich jetzt sterben?«, schluchzte ich laut in Todesangst.

In diesem Moment tat mein Vater intuitiv genau das Richtige.

Er zog mich auf den Schoß und hielt mit der einen Hand schützend meinen Kopf an seine Brust. Die andere legte er auf meinen Rücken. Dabei sagte er ganz liebevoll und fest: »Wir geben dich doch nicht her, für nichts und niemanden auf der

Welt! Nein, vom Grasessen stirbst du nicht und wirst auch nicht krank.«

Dann erzählte er mir, wie er als Kind immer so gerne Sauerampfer von der Wiese gegessen hatte.

Mein Vertrauen in die Erwachsenen war zwar groß, aber letztendlich begrenzt. In den darauffolgenden Tagen inspizierte ich sorgfältig meine »Würstchen«, ob da nicht doch kleine Grasbüschel mit Krabbeltieren zu entdecken waren.

## Der Eiswagen

Gegen Ende der Kindergartenzeit empfanden wir das dunkle, schwere Glockengeläut unserer Kirche schon als überaus beeindruckend.

Heißer und inniger liebten wir jedoch ein helles, kleines Gebimmel. Nach der obligatorischen Mittagsstunde hörten wir es regelmäßig am Sonntag. Sobald der Eiswagen kam, waren wir nicht mehr zu halten, es wurde gebettelt, was das Zeug hielt. Hin und wieder durften mein Bruder und ich ein oder zwei Kugeln Eis kaufen. Welch himmlisches Vergnügen!

Schon seltsam, dass für ein Kind das Paradies nur ein paar Hüpfer entfernt sein kann.

Ich liebte dieses Eis so sehr, dass ich sogar einmal davon träumte.

Lautlos hielt unser geliebter Wagen vor mir, als ich auf dem Bürgersteig unserer Straße stand. Es war ein weißer VW-Bus. Zum Verkauf wurde seitlich eine Luke geöffnet.

Gerade wollte ich meine Bestellung aufgeben, als wie aus dem Nichts plötzlich ein kleiner, blonder Junge auftauchte.

Da er mich flehentlich ansah und dabei seine einzige Münze zwischen Daumen und Zeigefinger so hoch hielt, wie er nur konnte, ließ ich ihn vor.

Die Münze glänzte hell wie sein schulterlanges Engelshaar, das von der Sonne angestrahlt wurde.

Lächelnd schaute der Eisverkäufer auf ihn hinunter und fragte freundlich: »Pups oder Schiss?«

»Ich würde Schiss nehmen«, riet ich ihm. Daraufhin sah mich der Junge mit großen Augen und geöffnetem Mund voller Staunen an.

Offensichtlich konnte er sich trotz meiner gut gemeinten Hilfe, oder vielleicht gerade wegen ihr, nicht entscheiden.

Während ich den Blick weiter auf seine Kulleraugen richtete, wurde ich durch ein eindringliches Bimmeln aus meinem Mittagsschlaf gerissen.

Erschreckt fuhr ich hoch.

Ein einziger Gedanke jagte durch meinen Kopf: »Der Eiswagen!« Endlich war ich an der Reihe.

Schnell lief ich zur Schlafzimmertür meiner Eltern, klopfte aufgeregt, aber leise an die Tür und bettelte um ein Eis.

Zwischen den beiden Eissorten aus dem Angebot könnte ich mich durchaus entscheiden, nicht so wie der kleine Junge mit den langen, blonden Haaren, erklärte ich drängelnd.

Meine Eltern schauten sich etwas verschlafen und voller Verwunderung an.

Als Erste versuchte meine Mutter, Licht in das Dunkel zu bringen, obwohl das Zimmer im ersten Stock von der Frühlingssonne geradezu durchflutet war.

Ruhig antwortete sie: »Du meinst sicher das Mädchen schräg gegenüber bei Hübner. Die Kleine hat doch sehr langes, blondes Haar.«

»Nein, es ist ein Junge. Außerdem sehen seine Haare wie Engelshaare aus, mit Wellen drin«, widersprach ich voller Ungeduld.

»Ich weiß genau, was ich gesehen habe«, beharrte ich eigensinnig, »ich kann mich entscheiden, ich mach keinen Pups!«

»Untersteh dich!«, erwiderte lachend meine

Mutter, während sie versuchte, die Nase meines Vaters zu erhaschen.

»Ich mach Schiss!«

Das Lachen stoppte genauso abrupt, wie es gekommen war.

Atemlose Stille folgte.

»Du gehst sofort aufs Klo!« Meine Mutter wurde richtig böse.

»Warum soll ich denn aufs Klo, wenn ich gar nicht muss?«

»Weil du gerade so ein Gefühl hast.«

»Ja, aber ich weiß doch schon, was ich will. Schiss schmeckt mir nämlich besser.«

Augenblicklich stand Mutter auf und zog mich am Arm zur Toilette. Dort beugte sie sich zu mir hinunter. Eindringlich fragte sie mich: »Du hast doch nicht etwa, oder hast du schon mal …?«

»Wie denn? Ich komm ja nicht dran.«

»Gott sei Dank!« Meine Mutter schien sichtlich erleichtert.

»Ich weiß gar nicht, was du von mir willst«, brach es nun unter Tränen aus mir heraus: »Ich will zum Eiswagen, gibst du mir bitte Geld?«

Meine Mutter nahm mich in den Arm, strich mir immer wieder über die Wange, dabei schaute sie aufmerksam in mein Gesicht.

Plötzlich dämmerte es ihr: »Du möchtest ein Eis vom Eiswagen und glaubst, dort gibt es nur Pups oder Schiss, nicht wahr? Nimm doch wie immer Schokolade, die ist auch schön braun.«

# Rote Rosen

Als es im Dezember 1961 an unserer Wohnungstür klingelte, war ich ein Knirps von sechs Jahren. Meine Mutter erwartete meinen Vater, hatte aber in der Küche zu tun. Deshalb bat sie mich zu öffnen.

Das Erste, was ich sah, waren lange Männerbeine, die in einer dunklen Hose steckten, daneben eine große, behaarte Hand, die einen ebenso großen und mit Packband zugebundenen alten braunen Koffer hielt. Ein fremder Duft stieg mir in die Nase. Als ich hoch hinaufblickte, sah ich in ein sonnengebräuntes Gesicht. Braune Augen schauten mich freundlich an.

Ein Mund sprach ganze zwei Worte: »Ich, Ali«, dann: »Fredi da?« Die Augen lächelten jetzt entschuldigend: »Deine Vater da?«

Ich schüttelte den Kopf.

»Deine Vater sagen, wenn Ali nicht wissen, wo Ali können bleiben, Ali können kommen bei Fredi.«

Fest hielt ich jetzt die Türklinke in der Hand und rief nach meiner Mutter.

»Was ist denn?«, erscholl es aus der Küche.

»Hier steht ein fremder Mann!«

Meine Mutter kam und verstand sofort. Sie bat Ali in die Küche.

Kurze Zeit später war auch mein Vater da.

»Das ist Ali, er kommt aus der Türkei und arbeitet mit mir bei Thyssen«, so stellte mein Vater seinen neuen Arbeitskollegen noch einmal vor. Ihn mit einem Arm um die Schultern fassend und mit der Hand an sich drückend, entschied er: »Er bleibt jetzt bei uns!«

Meine Mutter zog die rechte Augenbraue hoch.

»Fredi, nich' weiß, ob gut, du, Frau, Familie, Kinder … Ali besser gehen.«

Er stand auf und wollte gerade seinen Koffer wieder in die Hand nehmen, der an einem Stuhlbein des Küchentisches lehnte.

»Nix da, die Hand bleibt vom Koffer. Du bleibst hier. Wo kämen wir denn hin mit der internationalen Solidarität? Jetzt wird erst mal ein schöner Kaffee getrunken.«

Ein schöner war auch ein sehr starker Kaffee, bei dem man gemütlich in einer Runde um den Küchentisch saß.

Mein Vater lachte frei und laut. Wenn er so laut lachte, hatte ich das Gefühl, dass sich alles Kleinliche und Ängstliche auf der Welt in ein Mauseloch verkroch.

Ali blieb.

Er schlief auf einer Schlafcouch im Wohnzimmer unserer Dreieinhalb-Zimmer-Wohnung. Die Ernährung wurde kurzerhand umgestellt. Mein Vater verzichtete auf seine heiß geliebten Schweineohren, die gewöhnlich in die Erbsensuppe gehörten. Stattdessen wurden die Suppen jetzt mit Huhn verfeinert. »Dann sind sie nicht so fett, sondern viel gesünder«, sagte meine Mutter mit einem Seitenblick auf den Bauch meines Vaters.

Als Muslim durfte Ali seinen Gebetsteppich im Wohnzimmer ausrollen, wann immer er wollte.

Oft saßen wir um den großen Küchentisch herum. Jedes Mal fragte er vorsichtig nach: »Ali darf?«

»Ja, und entschuldige mich bitte bei Allah, dass ich als Ungläubiger mit in der Wohnung bin«, lachte mein Vater.

Es war das Lachen eines überzeugten Atheisten.

Alles in allem war dies praktisch gelebte Völkerverständigung.

Gerne zeigte uns Ali Postkarten aus seiner Heimatstadt Istanbul. Mein Bruder und ich saßen mit ihm auf der Couch im Wohnzimmer, träumten und lachten. Wir staunten über die mächtige Bosporusbrücke, die die Kontinente Asien und Europa miteinander verbindet, sahen Nachtaufnahmen der Hagia Sophia, in der sich ein Museum befindet und deren lange, dünne Türme, auch Minarette genannt, im künstlichen Licht erstrahlten. Aladins Wunderwelt wurde für uns greifbarer. Allerdings wollte es uns einfach nicht einleuchten, dass diese langen, dünnen Türme nicht umfielen.

Es entsprach so gar nicht unserer Erfahrung beim Bau von Türmchen aus Bauklötzen.

Für uns alle waren es erlebnisreiche und interessante Monate. Das Frühjahr kam.

Ali wollte meiner Mutter seine besondere Dankbarkeit ausdrücken: »Du, schöne Frau, gute Mutter!« Er überreichte ihr einen sehr großen Strauß langstieliger, roter Rosen.

Mit dieser überschwänglichen Geste fand die internationale Solidarität der Arbeiterklasse ihr Ende.

Zur Zufriedenheit aller wohnte Ali später bei einem Onkel meines Vaters.

# Kinderliebe

Sie kam mitten im Sommer mit einem roten Popelinemantel und schwarzen Lackschühchen auf mich zu.

Die kurz geschnittenen, dunkelbraunen, fast schwarzen Haare umrahmten ein Strahlen. Es schien nicht von dieser Welt zu sein. Sternchen waren in ihren braunen Augen zu sehen. Die Lippen hatte sie mit einem Lippenstift rot angemalt.

Ich stand da und hatte das Gefühl, nie wieder atmen zu können.

So wie ich war sie sieben Jahre alt.

Sie war meine erste große Liebe.

Erwachsene denken häufig, es sind ja noch Kinder, das geht vorbei. Aber mal ehrlich, auch eine Kinderliebe kann die Zeit überdauern. Bei mir war es so.

Auf dem Bürgersteig stand mir eine kleine Dame gegenüber. Welche Wandlung!

Die Mütter auf der anderen Straßenseite lächelten, als ich hinübersah. Wie jeden Morgen wollte ich meine Freundin zur Schule abholen. Verlegen, nicht nur wegen der Frauen, schaute ich auf ihre zierlichen Schuhe, dann weiter hinauf, an ihren Beinen, den weißen Kniestrümpfen entlang bis zum Saum des Mantels.

An ihrer rechten Hand trug sie einen goldenen Ring mit einem roten Stein in der Mitte. So einen, den die Kaugummiautomaten hergeben.

Mein verschämter Blick wagte sich nicht höher hinauf. Je länger ich so vor ihr stand, desto deutlicher spürte ich meinen Herzschlag. Das Herz schien bis zum Hals verrutscht zu sein. Ich schluckte und sah hilfesuchend zu den Frauen hinüber.

Sie lächelten noch immer und schienen mir mit ihrem Lächeln einen stillen Hinweis zu geben. Mein bittender Blick hing nun an ihren Gesichtern. Ihre Zeichen wurden deutlicher.

Eine unendlich langsame Kopfbewegung, so kam es mir vor, verfolgte jetzt wie von selbst die vorgegebene Richtung.

Ich sah in ihr Gesicht.

Sie hatte ihren Kopf leicht vorgeschoben und etwas zur Seite geneigt. Die roten Lippen waren gespitzt. Bewegungslos stand sie vor mir.

Etwas Seltsames schien sie von mir zu erwarten.

Ich wusste immer noch nicht, was ich tun sollte, bis eine liebevolle Stimme sagte: »Küss sie.«

Ich tat es.

Unsere Lippen berührten sich nur ganz leicht.

Dann hörte ich, wie meine kleine Freundin kess sagte: »Jetzt sind wir verlobt!«

Wir fassten uns an die Hand und gingen unter dem Gelächter der Straße zur Schule.

## Mit den Elfen auf der Wiese

An diesem Sommertag hatten wir keine klare Sicht.

Anders als sonst am Morgen üblich, konnten wir nicht die Straße hinunter auf die große Brücke schauen, unter der die Ruhr breit und träge dahinfloss. Nebelschwaden zogen von den endlosen Ruhrwiesen herauf und hüllten unsere alte Dorf-Lakeschule in ein geheimnisvolles Grau.

Da die Straße mit einiger Steigung geradlinig zu uns hinaufführte, hatten wir im zweiten Stock des Hauses meist einen tollen Überblick über ihre Geschäftigkeit.

Ich ging zu dieser Zeit in die dritte Klasse der Grundschule. Mein Bruder war ein Jahr jünger. Wir beobachteten einige Schüler, die den Schulweg antraten. Wie lebendige kleine Spielzeugmännchen schoben sie sich mit ihren Tornistern auf den Bürgersteigen vorwärts. Der kleine Strom floss die Straße hinunter zur Schule. Von unserem Aussichtsplatz aus maßen wir ihre Winzigkeit mit Daumen und Zeigefinger vor den Augen.

Auch ich machte mich auf den Weg.
Schon in der ersten Pause war der Nebel verschwunden.
Es wurde angenehm warm.
Auf dem Pausenhof und in der Klasse herrschte eine ausgelassene Fröhlichkeit. Besonders die Mädchen kicherten und lachten.
An diesem Tag hatten wir unerwartet früher Schulschluss, weil die Lehrer noch etwas zu besprechen hatten.
Kurz entschlossen verabredeten einige Mädchen ein Treffen auf der Wiese. Sie boten mir an mitzukommen.
Ihre Ausgelassenheit und ihr herzliches Miteinander zogen mich in ihren Bann.
Auf der Wiese befreiten wir uns von unseren Ranzen und setzten uns ins Gras.
Die Mädchen pflückten Gänseblümchen um Gänseblümchen. Damit flochten sie sich in eine andere Welt.

Ich bewunderte die unglaubliche Geschwindigkeit, mit der Fingerringe, Kränze für Hand- und Fußgelenke sowie Krönchen für den Kopf entstanden. Sie beschenkten sich gegenseitig, machten sich hübsch und lachten hell dabei. Komplimente wurden ausgetauscht.

Etwas Leichtes und sehr Weiches zog mich an, sie nahmen mich in ihren Reigen auf. Sie weihten mich ein in die Kunst des Kranzflechtens. Sie zeigten mir, wie man mit dem Fingernagel den Stiel in der Mitte einritzte, ein weiteres Gänseblümchen hindurchsteckte und so lange fortfuhr, bis ein Gebinde fertig war.

Die zarte Fröhlichkeit, ihre anmutigen Gesten und Bewegungen erinnerten mich an Elfen.

Immer wieder standen sie auf, bewegten und drehten sich, bewunderten sich gegenseitig und tanzten auf der Wiese.

Das war so ganz anders, als ich es kannte.

Bei uns Jungen zählten andere Dinge.

Wer kann höher klettern? Wer hat beim Fußball mehr Tore geschossen? Und natürlich, wer ist der Stärkste?

In der Mädchenrunde musste sich niemand behaupten. Sie feierten das Leben auf andere Weise. Sie sahen die Schönheit, Andersartigkeit und Vielfalt im Gegenüber.

Daran durfte ich Anteil nehmen und miterleben, wie sie dabei alles um sich herum vergaßen.

Irgendwann löste sich der Reigen auf, wir traten unseren Heimweg an.

Ich träumte noch lange vor mich hin, war überrascht von mir und darüber, dabei gewesen zu sein.

Ein Gefühl der Zärtlichkeit und der Liebe, das in mir geschlummert hatte, überwältigte mich und war jetzt einfach da.

Jungen müssen stark sein, sich gegen jeden Widerstand durchsetzen. Stimmt das wirklich?

Das Leben zu lieben, die Schönheit in den Menschen zu sehen, sich gegenseitig zu beschenken und Freude daran zu haben, das Leben der anderen zu erleichtern, kann die Welt verändern.

Das Harte und Unnachgiebige führt nur zum ständigen Kampf. Was bewirken alle verrückten Filme oder Bücher, die vom Überleben in einer Zukunft des ständigen Kampfes berichten?

Die Welt wird das, was du in ihr siehst.
Ich sah auf dieser Wiese eine schöne, heile Welt. Eine Welt, in der anmutige Bewegungen und Tanz das Leben bestimmen.

Am nächsten Schultag auf dem Schulhof spielte ich mit den Mädchen Gummitwist. Die anderen Jungen spielten Fußball.

Unter den Augen seiner Gruppe trat ein Junge auf ein Mädchen zu und zog an dem Gummi.
»Lass das sein«, forderte sie ihn auf.
»Er spielt jetzt mit uns!«, kam die bestimmende Antwort des Jungen.
»Du bist ja nur neidisch«, mischte sich ein weiteres Mädchen ein.
Sie lachten über den Störenfried.

In mir regten sich verschiedene Gefühle.

Mitgefühl hatte ich mit dem Jungen, der verunsichert vor uns stand.

Ich empfand Verrat, Verzicht und Traurigkeit, falls ich die Mädchengruppe verließ.

Angst hatte ich aber auch davor, nicht mehr zur Jungengruppe zu gehören.

Ich spielte wieder Fußball.

Im Fußballspielen und im Klettern war ich ganz gut.

Meinen Ausflug in die Welt der Mädchen hatten sie bald wieder vergessen.

Damals nahm ich mir selbst etwas und verzichtete auf einen neuen Weg der Erfahrung.

Heute gehe ich ihn.

## Kleine Regisseure

Aus der Schule hatten wir ein Faltblatt mitgebracht.

In einem Kulturzentrum, nicht gerade in unserer unmittelbaren Nähe, sollte es immer sonntags ein Kinder- und Jugendkino geben zum sensationell günstigen Eintrittspreis von ganzen fünfzig Pfennigen.

Wir beknieten unsere Mutter, versuchten, sie mit Engelszungen zu überzeugen, und sammelten alle Argumente, derer wir nur habhaft werden konnten.

Von Kindern betuchter Eltern hatten wir gehört, dass der Eintritt in der Stadt pro Kind schon eine Mark und fünfzig kostete. Wenn mein Bruder mit mir ginge, würden wir viel Geld sparen. Es würde nicht lange dauern, bis wir das Kinderkino praktisch umsonst besuchen könnten. Selbstverständlich seien die Filme pädagogisch wertvoll und für uns bestens geeignet. Das wussten wir von unserer Lehrerin. Wie oft wir das Wort »pädagogisch« verwendeten, weiß ich nicht mehr.

Belustigt hörte uns Mutter an. Schließlich, bis aufs Äußerste bedrängt, stimmte sie zu.

Am kommenden Sonntag war es so weit.
Die erste Vorstellung sollte um elf Uhr sein. Sehr zum Leidwesen unserer Eltern hielt uns ab sieben Uhr nichts mehr im Bett. Noch im Schlafanzug schauten wir immer das Faltblatt an und fieberten flüsternd dem Beginn entgegen.

Ein Piratenfilm war angekündigt mit dem Titel »Der rote Korsar«. In unseren kleinen Gehirnen kramten wir alles hervor, was wir bisher über Piraten wussten: Sie segeln unter verschiedenen Flaggen. Mit der blutroten Fahne sollte ja alles angefangen haben, blutrot als Zeichen dafür, dass sie keine Gefangenen machen würden.
Unheilbringend für jeden, der sich ihnen entgegenstellte, waren die schwarzen Flaggen.
Wir kannten auch die Fahne Edwards von Eng-

land, eine schwarze Flagge mit einem weißen Totenkopf und zwei gekreuzten Knochen darunter.

Schließlich war wohl die gefährlichste Fahne, die von Edward Teachs, den sie »Blackbeard« nannten:

Auf schwarzer Flagge ein weißes Skelett, das in der einen Hand einen Speer und in der anderen eine Sanduhr hielt. Neben dem Speer sah man ein blutendes Herz. Die Sanduhr zeigte den Opfern, dass ihre Zeit abgelaufen war. Der Speer stand für einen schnellen Tod, das blutende Herz dafür, dass der Tod grausam sein würde.

Natürlich erinnerten wir uns auch an Klaus Störtebeker: Schon geköpft, soll er ja noch eine ganze Strecke an seinen Gefolgsleuten entlanggegangen sein, bevor die dann die Freiheit erhielten.

Wir waren also bestens vorbereitet.

Schon um halb zehn machten wir uns auf den Weg.

Zu diesem Zeitpunkt galoppierte unsere Fantasie schon wie ein zügelloses Pferd dahin. Mit Kopf, Hand und allen uns zur Verfügung stehenden Füßen stellten wir uns die Szenen vor. »Kanonenkugeln hatten die großen Masten samt den Segeln bereits abgeschossen, die Enterhaken waren geworfen und Kämpfe auf Messer und Säbel tobten.«

Spätestens von der Herbeder-Ruhrbrücke aus, die auf unserem Weg lag, sahen wir Ruhr abwärts ein Piratenschiff mit fetter Beute ins Versteck segeln.

Im Kino angekommen, spiegelte unsere Meckifrisur, auch Igel genannt, unsere gespannte Erwartung. Die roten weichen Sessel und das dunkler werdende Licht taten ihr Übriges.

Nach einer kurzen Vorschau mit Werbung, unter anderem für Eis, das man im Anschluss kaufen konnte, war es endlich so weit.

»Eis für einen Piraten? Das war doch mehr als unangebracht.«

Ich weiß nicht, wie ein Beobachter unsere zuckungen und spontanen Lautäußerungen beurteilt hätte, die den Film begleiteten. Heute würden wir wahrscheinlich für hyperaktive Kinder gehalten.

Nach der Vorführung gingen die Abenteuer von »Ojo« und dem »Roten Korsar« natürlich weiter. Wir erlebten die Geschichte noch einmal und staunten über Ojos Rückwärtssalto, der von der Reling des Schiffes nicht etwa im Wasser, sondern auf einem darunterliegenden Kanonenrohr endete.
Ojos Humor hatte uns besonders in den Bann gezogen!

Noch Tage später spielten wir auf Bäumen die Szenen nach oder erfanden neue dazu.

Gab es keinen neuen Film, schrieben wir unser eigenes Drehbuch.
Wir brauchten weder Tinte noch Papier, sondern legten uns mit geschlossenen Augen ins Gras und erzählten uns gegenseitig, was wir sahen.
Nicht nur Piratenfilme, auch Wildwestfilme entstanden so.

»Ich sehe einen Cowboy, der auf ein weißes Pferd steigt. Er reitet von einer Anhöhe auf die Stadt zu.«

»Ja, den sehe ich auch«, antwortete mein Bruder.

Oder wir sahen, wie sich zwei Männer duellierten.

Stets taten die Figuren genau, was wir wollten.

So manches Mal wünsche ich mir heute diese lebhafte Kindheitsfantasie zurück.

# Der Pantoffelheld

Es war wieder Pflaumenzeit. In den Nachbargärten war gute Ernte zu erwarten.
Mein Freund Mario und ich zogen los.
Wir sahen so einige Pflaumenbäume, deren Äste sich unter ihrer Last bogen.
»Eine Menge Arbeit, das alles zu pflücken«, dachten wir. »Da können wir doch leicht Abhilfe schaffen!«
Weil wir auf Nummer sicher gehen wollten, entschieden wir uns für den Garten des alten Schulze.

Nun, wir hätten ihn auch fragen können, aber wo wäre dann das Abenteuer geblieben?
Ein großer Baum mit besonders dicken, leckeren Eierpflaumen zog uns magisch an. Auf einen Blick erkannten wir: Eine Leiter musste her, die allseits bekannte Räuberleiter!

Spontan hielt mir Mario seine Hände hin: »Komm, steig hoch!«

Ich erreichte den ersten großen Ast, griff danach und hielt ihn mit einer Hand fest. Mit der anderen hatte ich schon die erste Pflaume gepflückt und steckte sie genüsslich in den Mund, als Mario rief: »Da kommt einer!«, und gleich die Flucht ergriff.
»Niemals ohne Beute den Schauplatz verlassen«, dachte ich noch und hing mich an den Ast.
Es knackte, ich lag mit dem Ast am Boden!

Bis dahin war es eine für »Dorfräuber« bekannte Geschichte, also nichts Besonderes.

Ich stand auf, hielt den Ast wie einen Besen in der Hand und glaubte, jetzt kommt der alte Schulze und schimpft ein bisschen brummelnd vor sich hin. So als kleiner Rundumschlag für alle Bengels und deren zukünftige Streiche.

Überrascht waren wir jedoch, als wir einen Fremden in Bademantel und Pantoffeln vor uns sahen.
Schnell wichen wir zurück.
Im ersten Stock des hinter dem Garten gelegenen Hauses wurde ein Fenster geöffnet. Eine Frau-

enstimme rief: »Kurt, was ist mit dem Frühstück? Der Kaffee wird kalt!«

Wir mussten grinsen.

Mario äffte die Frau nach: »Ja, was ist denn nun mit dem Frühstück, Kurt!«

Dann hörten wir nur noch: »Euch kriege ich!«

Als passionierte Fußballspieler und in Turnschuhen waren wir natürlich schnell.

Noch ein wenig Lachen, und der Mann mit den Pantoffeln wurde temporeicher.

Nach fünfhundert Metern war er immer noch hinter uns, in Pantoffeln wohlgemerkt! Sie schienen an seinen Füßen zu kleben.

In der Hoffnung, ihm würde die Puste ausgehen, nahmen wir jetzt eine Strecke, die steil bergauf ging.

Doch er war zäher, als wir glaubten.

Wir spürten ihn immer dichter hinter uns.

Meter für Meter nahm er uns ab und kam uns bedrohlich nahe.

Plötzlich, wie aus heiterem Himmel, blieb er stehen.

Auch wir stoppten und blickten uns um.

»Das war's!«, dachten wir. »Jetzt kann er nicht mehr!«

Wir sahen in sein Gesicht, doch unser Triumph war verfrüht.

Entschlossen bückte er sich.

Als er seine Pantoffeln in die Hand nahm, nahmen wir unser Herz in die Hand und rannten um unser Leben, denn barfuß lief er nun wie entfesselt. Mit letzter Kraft und in höchster Verzweiflung sahen wir kurz vor dem Zugriff rechts am Weg eine Hecke, die längs des Weges verlief.

Wir überlegten nicht lange und stürzten uns mit einer Hechtrolle darüber, ohne zu wissen, wie es dahinter aussah.

Es war ein Wiesenabhang, der steil abfiel.

Glauben Sie mir, wenn Sie auf ein abschüssiges Wiesenstück fallen, machen Sie nicht nur eine Rolle vorwärts.

Immer wieder und wieder schießen Sie nach vorn.

Wir konnten gar nicht so schnell denken, wie wir rollten.

Als die Wiese ihren Spaß mit uns gehabt hatte und wir ausgerollt waren, rappelten wir uns auf.

Staunend stand unser Verfolger oben an der Hecke.

Zwar schimpfte er, konnte sich aber ein Lachen nicht verkneifen.

Etwas torkelnd und noch benommen fand Mario bewundernswerte Worte: »Du bist aber ein schneller Pantoffelheld!«, rief er ihm zu, bevor wir im angrenzenden Wald verschwanden.

An diesem Tag hatte sich Kurt ein ausgiebiges Frühstück redlich verdient.

# Ein unausweichliches Bedürfnis

Offenherzig möchte ich Ihnen von meinem unausweichlichen Bedürfnis berichten. Einem Bedürfnis und der daraus erfolgten Tat, die, im Rückspiegel betrachtet, weder rühmlich noch nachahmenswert erscheint.

Ob sie in ihrer Folgenschwere als verjährt betrachtet werden kann, überlasse ich Ihrem Urteil.

Erinnern Sie sich noch an John Wayne, den Schauspieler, mit seinem leichten, lässigen, fast schleichenden Gang, bei dem die Hände stets um die Hüften kreisen?

Beim Duell stellte er die Beine breit, rollte Schulter um Schulter nach hinten, nahm den Kopf mit, lockerte damit den Nacken, schob die Brust leicht seufzend nach vorne, um mit einem letzten siegessicheren Blick den Unterkörper folgen zu lassen.

Wildwestklassiker wie »Ringo«, »Red River« oder »Rio Bravo« machten ihn zum Star, auch für meinen Vater.

Zum Leidwesen meiner Mutter schaute ich einige Wildwestfilme mit ihm an. Die »blauen Bohnen«, die pfeifend in einem Kugelhagel herumflogen, hätte sie lieber in die Suppe getan.

Beeindruckend für mich waren aber in den Filmen die gezielten Aufwärtshaken auf die Kinnspitze. Die Widersacher wurden so gekonnt in das Land der Träume versetzt.

Aber war das wirklich möglich?

Mein um ein Jahr jüngerer Bruder bot sich dafür als Versuchsobjekt in geradezu idealer Weise an. Schon längere Zeit nervte mich seine Petzerei. Unsere neu gegründete Bande konnte kaum einen Streich planen und ausführen, ohne dass es meine Eltern erfuhren. Es ging mir bei meinem Vorhaben nicht darum, meinen Bruder ins Nirwana zu versetzen, sondern vielmehr darum herauszufinden, ob und auf welche Weise er k.o. ginge.

    Wie konnte ich also mein Vorhaben in die Tat umsetzen?

Ein Onkel, der in seiner Jugendzeit als Kirmesboxer sein Geld verdient hatte, schien mir der ideale Partner zu sein.

Aus dieser Zeit besaß er sogar noch einige Paar Boxhandschuhe als persönliches Andenken. Die waren zwar ein bisschen groß, für meinen Plan aber durchaus geeignet.

Kurz entschlossen ging ich zu meinem Onkel und befragte ihn über diese Zeit. Mein Erstaunen und die bewundernden Äußerungen, untermalt von einigem »Ahaa« oder »Ohoo«, spornten seine Erzählungen an. Bald geriet er ins Schwärmen.

Begeistert berichtete er davon, wie er für die Westfalenauswahl vorgeschlagen und dort fast bis in den Endkampf gekommen war.

Ich bat ihn, uns zwei Paar Boxhandschuhe auszuleihen. Er war einverstanden. Gleich wollte er meinem Bruder und mir einige Tricks und Kniffe beibringen. Wir sollten das Boxen praktisch von der Pike auf lernen.

Das lag keineswegs in meinem Plan, denn beim Boxen lernst du zuerst deine Deckung zu halten.

Ja, und wenn die besonders gut ist, triffst du garantiert keine Kinnspitze!

Leider ging es nicht ohne Lehrgang, deshalb musste ich wohl oder übel zustimmen. Selbst meine Idee, wir könnten doch erst mal einzeln üben, damit unsere Fehler besser erkennbar seien, zog nicht.

Ich »köderte« meinen Bruder mit dem Hinweis, dass unser Onkel mit Boxen Geld verdient hatte. Ja, und das könnte er dann auch, wenn er mit Kindern aus der Nachbarschaft boxen würde. Besonders einfach sei dies in jedem Falle, da unser Onkel uns alle wichtigen Tricks und Kniffe beibringen würde. Auch müsse er ja niemanden k.o. schlagen, es genüge schon, wenn der andere aufgebe.

Nach einigem Zögern siegte endlich die Aussicht auf einen gutes Taschengeld. Mein Bruder war dabei.

Auf der Wiese folgten ausgedehnte, nie enden wollende Unterweisungen im Boxen. Höhepunkt der Demonstration war, als mein Onkel uns den berühmten »Ali Shuffle« zeigte, den Cassius Marcellus Clay, genannt Mohammed Ali, anwandte. Mit dieser rasanten Beinkombination tänzelte er in kurzer Hose und weißem Unterhemd um uns herum, während sein schon beträchtlicher Bauch im Takt mitwippte. Diese Vorführung brachte unseren Onkel an seine Leistungsgrenze.

Bald waren wir allein auf der Wiese.

Jetzt war der große Augenblick für mich gekommen.

Auch ich versuchte meinen Bruder mit dem »Ali Shuffle« zu verwirren. Immer noch hielt er konzentriert seine Deckung oben. Im Kampfgetümmel geriet ich immer mehr in Hitze. Mein Bruder schien den Braten zu riechen. Er versuchte, unser »Training« abzubrechen. Nur mit Mühe gelang es mir, ihn zum weiteren Kämpfen zu bewegen. Scheinheilig erläuterte ich, dass ich so konsequent und beherzt angreifen müsse, damit er seine Deckung trainiere.

Als er dann langsam müde wurde und seine Deckung vernachlässigte, witterte ich Morgenluft in der Mittagshitze!

Der entscheidende Moment war da und ich entschied ihn.

Der Kopf meines Bruders knickte nach hinten weg. Wie ein nasser Sack ging er zu Boden. Der Länge nach lag er auf der Wiese. Die Sonne beschien sein Gesicht, seine Augen waren geschlossen.

Völlig überrascht über meinen Erfolg triumphierte ich und erwartete, dass er gleich wieder zu sich käme, um lächelnd zu resümieren: »Alter, da hast du mich aber hingelegt!«

Doch nichts geschah. Er lag bewusstlos auf der Wiese, alle viere von sich gestreckt.

Angst überfiel mich. »Siegfried, Siegfried!«, rief ich verzweifelt, zog meine Boxhandschuhe aus, fasste seinen Kopf mit beiden Händen und bewegte ihn vorsichtig hin und her.

Nichts geschah.

Ich gab ihm einige Klapse auf die Wange, die sich schnell rot einfärbte. Allmählich kam er zu sich.

Noch heute sehe ich seinen seltsamen Augenaufschlag vor mir. »Steh mal auf, es ist alles vorüber«, sprach ich ihn an und versuchte, mich zu beruhigen, während ich ihn vorsichtig am Arm hochzog.

»Was ist denn los?«, fragte er leise.

Sehr zeitverzögert erreichte ihn meine Bitte.

Ob er im Nirwana war, weiß ich nicht, aber er schien sehr weit weg zu sein.

Bis auf meinen Onkel wunderten sich alle.

Noch tagelang war Siegfried entgegen seinem Naturell still und in sich gekehrt.

Wenn ich heute an das Wunder zurückdenke, wie mein Bruder tatsächlich einige Minuten sprachlos am Boden lag, kann ich meine heimliche Freude darüber immer noch nicht verbergen.

# Freundschaft


Ja, eine echte Freundschaft ist kostbar, kann dir Mut machen, dich schwere, sehr schwere Schicksale ertragen lassen.

Von einem solchen Schicksal möchte ich erzählen.

Nicht, dass ein Wort erfunden oder erlogen wäre.

Nein, alles ist wahr und genau so passiert. Ehrenwort!

Nun, um es geradeheraus zu sagen: »Mein Bruder war eine Petze (zumindest in Kindertagen)!«

Und genau für diese Petzerei wollten ihm Mario und ich einen gehörigen Denkzettel verpassen.

Wir hatten uns dazu eine List ausgedacht.

Etwas muss ich jetzt vorwegschicken, das heißt beichten.

Zu dieser Zeit waren wir schon einige Male durch ein offenes Kellerfenster unserer Schule, der alten Dorfschule, eingestiegen, um auf dem Dachboden die ausgestopften Tiere zu betrachten.

Das war im Halbdunkel eine gruselige Sache, besonders, wenn ein Junge plötzlich das Zischen einer Ringelnatter oder das Fauchen eines Marders nachmachte.

Wir waren also Wiederholungstäter.

Das ist aber in Anbetracht der vergangenen Zeit verjährt. Darum kann ich heute offen zu Ihnen sprechen.

In den Kellerräumen der Schule hatten wir einen Raum entdeckt, der mit Eisengitterstäben abgeteilt und durch eine Eisentür zu begehen war, den Ort unserer List.

Wer sich ein Gefängnis aus dem Wilden Westen vorstellt, ist auf der richtigen Spur.

Nur zur Straße hin lagen fest verschlossene Kellerfenster in für Kinder unerreichbarer Höhe. Ihre Scheiben waren milchig, ein Stilbruch, dort fehlten die Gitterstäbe.

Dieser Umstand war für den Tathergang jedoch wichtig.

Wir erzählten Siegfried eine tolle Geschichte aus dem Wilden Westen, von Banditen, rauchenden Colts und einem Sheriff mit seinem Gefängnis. Ja, und so eines hätten wir entdeckt!

Wir fragten ihn ganz unschuldig, ob er es mal so als »Wyatt Earp« inspizieren möchte.

Seine Antwort wortloses und nie enden wollendes Dauernicken.

Wir lotsten ihn also in diesen Raum.

Jetzt musste alles schnell gehen. Noch ein kleiner Schubs, eilig die Eisentür zugemacht und mit einem Vorhängeschloss abgeriegelt!

Glauben Sie mir, wenn Sie sein Gesicht gesehen hätten, diese fassungslose Gestalt, vornübergeneigt, an der die Arme fast bis auf den Boden reichten.

Schon jetzt konnte er einem leidtun. Doch Petzen musste nun mal bestraft werden.

Ich muss gestehen, es war schon grausig, als wir von draußen seine dumpfen Schreie hörten. Allmählich wurden sie wütender. Die Angst schien aus seinem Körper zu weichen.

Plötzlich klirrte eine Scheibe nach der anderen.
Mit einer Eisenstange machte sich der Gefangene jetzt Luft.
Die Schreie waren nun sehr deutlich zu hören.
Das Unglück nahm seinen Lauf.
In einem der gegenüberliegenden Häuser tauchte ein Gesicht im Fenster auf. Eine klare Stimme rief: »Ich rufe die Polizei!«

Schnell befreiten wir meinen Bruder, der sofort nach Hause rannte.
Mario und ich versteckten uns in einer nahen Scheune.
Nach einer langen, bangen Stunde fragten wir uns neugierig, ob die Polizei wirklich gekommen sei.

Wir hielten es nicht länger aus und schauten nach. Als wir in die Nähe der Schule kamen, sahen wir einen Mann in einer grünen Uniform. Es war ein Polizist! Wie ein Blitz durchzuckte es uns. Schnell und gekonnt hechteten wir hinter die nächstgelegene Hecke. Wir hätten nichts Auffälligeres tun können.

Denn kurz danach erscholl eine Stimme im Befehlston: »Ihr beiden da, kommt sofort raus!«

Wir entstiegen unserem sicher geglaubten Versteck und gestanden alles.

»Der Älteste kommt jetzt mit uns, er ist verantwortlich«, ordnete der Polizist an.

Der Ältere war zweifelsohne ich.

»Ich bin auch verantwortlich«, entgegnete mein Freund Mario und wollte zu mir in den VW-Bus.

Ich lehnte ab: »Willst du auch noch Ärger bekommen, Mario?«

Da saß ich nun allein hinten im vergitterten Polizeiwagen und fuhr die kleine Straße zu unserem Haus hinauf.

So musste sich also ein Bandit im Wilden Westen gefühlt haben, den der Sheriff festgesetzt hatte.

Meine Mutter war sehr aufgeregt.

Aber ich kann Sie beruhigen, der Ordnungshüter war nett, verständnisvoll und überaus hilfsbereit.

Er versuchte, meine verzweifelte Mutter zu trösten, ihr die Last von den Schultern zu nehmen.

Leise und vertraulich sagte er zu ihr: »Wenn Sie eine Haftpflichtversicherung haben, geben Sie der doch an, dass die Kinder beim Elfmeterschießen die Fenster zertrümmert hätten!«

Na ja, da wären schon einige erfolgreiche Elfmeter fällig gewesen!

Übrigens, falls sich die Versicherung noch einmal melden sollte. Der Polizist hat jetzt schlohweiße Haare und ist in Pension, also auch verjährt.

# Eine Sternstunde der Pädagogik

Welches Kind mag keine Süßigkeiten?
Wir liebten Lakritzschnecken und Zuckerstangen über alles.
Bei einem schmalen Geldbeutel der Eltern mit fünf Kindern blieb dafür nicht viel übrig.
Den Nachbarfamilien ging es ähnlich.
Doch unser Verlangen blieb.
Da kommt man schon auf sehr verrückte Ideen.

Wir hatten am Ende der Straße einen kleinen Kiosk. Na ja, er war nicht gemauert, war aber auch kein Bretterverschlag.
Da stand ein ordentlich eingerichtetes Holzhäuschen, ähnlich einem größeren Gartenhäuschen. Das Flachdach, aus dem ein kleiner, runder Kamin ragte, war mit Teerpappe bedeckt.
Durch eine einfache Tür, die in den Sommermonaten stets offen stand, gelangte man in den Verkaufsraum.
Links neben der Tür winkte eine Langnesefahne

und rechts davon sorgte ein Fenster für ein schwaches Licht.

Da das nicht ausreichte, brannte auch tagsüber Neonlicht im Häuschen. In der kalten Jahreszeit sorgte ein Kohleofen für ein wenig Wärme. Gegenüber der Tür sah man auf eine Theke, die für den Raum verhältnismäßig groß war.

Dort verkaufte eine ältere Frau Zeitungen und Zeitschriften. Waren für den täglichen Bedarf konnte man auch noch am Samstag und Sonntag bei ihr einkaufen.

Sie war eine kleine, rundliche Frau mit gütigem Gesicht, in dem zwei kluge Augen auffielen.

Als Kind hatte ich das Gefühl, dass sie immer da war. Ihre leise und ruhige Stimme höre ich heute noch. Noch immer berührt sie mein Herz.

Für die Kinderseligkeit bot sie ein bemerkenswertes Sortiment von Süßigkeiten an.

Kaufte man in den sechziger Jahren für zehn oder zwanzig Pfennige ein, gab es immer eine Kleinigkeit gratis dazu.

Zehn oder zwanzig Pfennige hatten wir aber selten.

Hinter ihrem Kiosk standen Pfandflaschen in Kästen.
Wir beschlossen, uns anzuschleichen, möglichst geräuschlos einige Glasflaschen herauszunehmen und sie anschließend wieder bei ihr abzugeben. Gegen Süßigkeiten, versteht sich!
Die Flaschen hätten wir gesammelt, behaupteten wir.
Anfangs war uns dabei sehr mulmig, doch nach einigen Malen legte sich das.
So hätte es ruhig noch eine Weile weitergehen können, wenn nicht ihr vertrauensvolles Gesicht gewesen wäre, das sich jedes Mal vor Freude erhellte, sobald wir kamen.
»Na, was habt ihr mir heute für Strandgut mitgebracht? Habt ihr auch nicht vergessen, euch für die Flaschenpost zu bedanken?«
Wir wussten, dass sie von der Ostsee kam.
Auf diese für uns eigenartig-lustige Weise lobte sie unseren »Erfindungsgeist« und langte

in ihre großen, mit Süßigkeiten gefüllten Glasgefäße.

Doch eben dieser »Erfindungsgeist« bedrückte uns mit jedem Mal mehr.

Es kam, wie es kommen musste. Wir beichteten ihr alles.

In Erwartung einer längeren Gardinenpredigt, einschließlich eines Besuchs bei den Eltern, machten wir uns auf einiges gefasst. Doch nichts dergleichen geschah. Nachdem wir uns alles von der Seele geredet hatten und uns immer wieder entschuldigen wollten, kam sie langsam, ohne unseren ängstlich, beschämten Blicken zu begegnen, hinter ihrer Theke hervor und stand ganz ruhig vor uns.

Erst jetzt schaute sie uns an, strich uns über die Haare, unsere Schultern waren jetzt am schwersten, und sagte mit ihrer leisen Stimme, in der auch etwas Verwunderung mitklang:

»Ja, warum habt ihr mir denn nichts gesagt? Wenn ihr mir ein bisschen helft, die vielen Flaschen zu sortieren, gebe ich euch immer mal wieder eine Kleinigkeit.«

»Eine Kleinigkeit« war stark untertrieben! Für ein bisschen Sortieren bekamen wir pro Nase fünf Lakritzschnecken.

Außer Äpfeln und Birnen aus den Nachbargärten habe ich seitdem nichts mehr gestohlen.

## Schöne neue Welt

Das Lied »Die Capri-Fischer« erklang aus dem Röhrenradio.

Die Sehnsucht der Menschen nach dem warmen Süden, im Grunde nach einer heilen Welt. Einer Welt, in der die Liebe ewig währt, nach einem Feierabend der Arbeit und der Mühsal des Lebens.

An diesem Tag entdeckte auch ich als Kind eine heile und voller Harmonie schimmernde Welt. Diese Welt fand ich nur einige Zentimeter weiter auf der Skala im Bereich der Kurzwelle, indem ich ein wenig am Sendersuchlauf spielte.

Es war Klaviermusik von Schumann: »Von fremden Ländern und Menschen«.

Schon die erste Berührung mit dieser Musik spielte mit meinen Gefühlen wie auf einer noch nicht gekannten und unendlich scheinenden Tastatur.

Die Empfindungen und Gefühle forderten Beachtung, wollten sichtbar sein, bewegten jetzt meinen

Körper ohne Schwerkraft, nur in völliger Hingabe an diese Magie des Daseins.

An diesem Tag folgte noch dies und das an klassischer Musik, ob Bach oder Beethoven, das spielte keine Rolle. Ich war wie in einem Rausch, tanzte und tanzte, vergaß Raum und Zeit, bis es an der Wohnungstür Sturm schellte.

Es war meine Mutter, die vom Einkauf zurückkam.

»Klaus, komm herunter, hilf mir bitte bei den Taschen«, scholl es ungeduldig zu mir herauf. Barfüßig sprang ich, mich dabei am Geländer festhaltend und einige Male mehrere Stufen gleichzeitig nehmend, hinab, bis es mir zu lange dauerte und ich, seinen Windungen folgend, das Geländer hinunterrutschte.

»Sag mal, hast du mich denn nicht gehört?«
»Mama, da war eine tolle Musik im Radio. Ich hab getanzt dazu. Ich kann dir das mal vormachen.«

Sie lachte: »Nach so einem schönen Schlager? Dein Vater kann auch gut tanzen.«

»Nein, das war kein Schlager, der Mann hieß Schumann.«

»Du meinst sicher Schurike.«

»Nein, der war das nicht.«

»So, mein Lieber, jetzt hilf mir erst mal bei den Taschen. Wenn Vater von der Arbeit kommt, braucht er was Anständiges zu essen.«

»Kann ich dir dann mal was zeigen?«

»Das werden wir ja sehen.«

Später sah sie es sich an, stand still und berührt da.

Sie sprach ungewohnt leise: »Das machst du ja sehr schön, so wie du dich bewegst. Aber Ballett?«

Ballett hieß das also!

Ich bedrängte meinen Vater zu einem solchen Ballett gehen zu dürfen, nachdem ich meinen Tanz der Turnlehrerin in der Schule vorgeführt hatte. Die hatte inzwischen eine Ballettschule gefunden, die mich unterrichten wollte.

»Herr Schulz, machen Sie sich keine Gedanken über das Geld, da gibt es Fördermittel.«

»Und wenn Klaus homosexuell wird?«, mein Vater war in arger Sorge.

»Bei den schönen Ballerinen, die wir hier haben?«, spottete sie.

Selbst die schönen Ballerinen konnten am Ende meinen Vater nicht bewegen, mich zum Ballett zu schicken.

Etwas später entdeckte ich das Singen als einen weiteren Ausdruck unglaublicher Lebensfreude. In einem Gespräch erwähnte meine Mutter »meine Entdeckungen« gegenüber einem befreundeten Lehrerehepaar.

Sie luden mich zu sich nach Hause ein.

Nachdem mir die Frau etwas auf dem Klavier vorgespielt hatte, durfte ich es auch versuchen. Dabei stellte ich mich wohl sehr geschickt an. Außerdem machte mir der »Unterricht« große Freude.

»Klaus, wir würden dich gerne ganz bei uns aufnehmen, wenn du das willst? Möchtest du bei uns wohnen?«, wurde ich eines Tages gefragt.

In der anfänglichen Begeisterung stimmte ich zu.

Freudig erregt bat ich meinen Vater, umziehen zu dürfen.

Er wurde genauso still wie meine Mutter.

Ich spürte förmlich, wie sich sein Herz zusammenzog, und bereute schon im nächsten Augenblick, ihn überhaupt gefragt zu haben.

»Das ist ja schön, Klaus, aber gefällt es dir bei uns denn nicht mehr?«

Es fiel ihm schwer, seine Enttäuschung zu verbergen.

Eigentlich war das für einen deutschen Jungen, der nicht weinen durfte, sonst keine so schwere Aufgabe.

»Aber Vater, es war ja nur, weil sie so ein Klavier haben! Dein Akkordeon ist doch viel schöner. Spielst du mir gleich etwas vor?«

Nachdem er eine Zigarette geraucht und einen Kaffee getrunken hatte, spielte er das Lied »Vom kleinen Trompeter«.

»Klaus«, sagte er, »wenn du groß bist, kannst du auf die Karl-Liebknecht-Schule gehen. Wir wollen doch, dass es allen Menschen mal besser geht.«

# Eine Fußballgeschichte

Der Rasen des Spielfeldes war neu angelegt worden.
 Eine dichte Matte aus sattem, leuchtendem Grün bedeckte das Feld. Mensch, auf Rasen zu spielen, so wie in der Bundesliga, das war schon etwas sehr Großes!
 Dass Größe ganz anders in Erscheinung treten kann, war mir damals noch gar nicht klar.
 Voller Vorfreude gingen wir mit dem Sportlehrer auf den Platz. Heute sollte die wichtige Entscheidung fallen, welche Spieler unsere Schule bei den diesjährigen Schulmeisterschaften vertreten durften.

Leicht und synchron ruderte der Lehrer mit seinen Armen. »Kommt mal alle her. Wir werden jetzt zwei Mannschaften wählen, die in einem Testspiel gegeneinander spielen. Eine Mannschaft trägt diese gelben Hemden. Am Ende«, er hob die Hemden hoch, deutete erst mit dem ausgestreckten Zeigefinger darauf, dann auf sich selbst,

»werde ich entscheiden, wer in die Schulmannschaft kommt. Du und du«, geradlinig schoss der Zeigefinger nach vorn, »ihr wählt bitte! Soll ich eine Münze werfen, wer anfängt?«

»Nein, Pisspott!«

Dafür stellen sich zwei Spieler aus den gegnerischen Mannschaften in kurzer Distanz gegenüber und gehen aufeinander zu, abwechselnd Fuß vor Fuß setzend. Anschließend gibt es noch die Möglichkeit, den Fuß halb zu nehmen, also ihn quer an den eigenen zu setzen. Wer den letzten Zug machen kann, hat gewonnen.

Lange Rede, kurzer Sinn, es wurde gewählt.

Im folgenden Spiel schoss ich das Tor zum 2:1-Sieg meiner Mannschaft.

Als die Arme des Sportlehrers erneut ruderten und auf sein bedeutungsschweres Papier deuteten, sah ich dem Verlesen der Namen seiner »Auserwählten« gelassen entgegen.

Gab es eine bessere Qualifikation als ein Siegertor?

Meine Geduld wurde auf eine harte Probe gestellt.

Er las und las:

»Sippel, Heinz-Peter … Schulte, Werner-Willi … Friedrich, Hermann-Gustav … usw. bis Knopke, Hans-Heinrich!«

Einer der Jungen fragte nach meinem Namen.

»Und was ist mit Schulz, ähh Klaus Fredi?«

»Ja, der spielt nicht schlecht, aber er hat mich heute nicht überzeugt.«

»Aber, das ist doch einer unserer Besten, er hat doch auch das Tor …!«

»Die Liste steht!«

Ich traute meinen Ohren nicht. Mein Blick glitt hinunter auf den Rasen und mit ihm senkte sich mein zu schwer gewordener Kopf. Ich war maßlos enttäuscht, wollte gedemütigt den Platz verlassen.

Die heftigen Proteste der Mitspieler wurden durch erneutes Armrudern abgewehrt, diesmal in entgegengesetzter Richtung.

»Dann spiel ich nicht mit!« – »Ich auch nicht«, kam der Kommentar aus der Mannschaft. »Wir spielen alle nicht, wenn Klaus Fredi, unser Gummibein, nicht mit dabei ist!«

Langsam knickte der erhobene Zeigefinger des Sportlehrers ein.

»Gut, wie ihr wollt, aber dann muss einer freiwillig auf die Ersatzbank!«

Vorsichtig hob ich wieder meinen Kopf, sah die anderen an, schnell flogen Blicke hin und her, bis einer nickte und einen Schritt zurücktrat.

Selbstbewusst verließen wir den Platz.

Erfolgreich verteidigten wir auch in diesem Jahr unseren Pokal.

Später erfuhren wir, dass unser Sportlehrer Feldhandballer war. Sicher, er hatte schon mal draußen gespielt, aber … leider immer nur leicht rudernd … mit den Armen.

## Eine neue Mitschülerin

Sie war noch ein Kind wie wir,
mehr schwarz als weiß
war ihre Haut.
So schwarz das Haar,
ihr rotes Herz,
das schlug so klopfend laut.
Wir
sahen nur
die schwarze Haut.

Sie sei
so ungewaschen,
das haben wir ihr erzählt,
und fanden das so lustig,
doch sie hat es gequält.
Wir
sahen nur
die schwarze Haut.
Dann spuckten Münder,
Stiefel traten zu.

Um sie herum im großen Kreis,
da schauten alle zu
und
sahen nur
die schwarze Haut.


Es war der erste Schultag nach den Sommerferien.
 Sie stand da im grellen Sonnenlicht, dunkel, dünn und schüchtern. Die Lehrerin hatte sich alle nur erdenkliche Mühe gegeben, sie willkommen zu heißen.
 Das Willkommen jedoch reichte nur bis zur ersten großen Pause.

Von allen Seiten prasselten Fragen auf sie ein. Sie beantwortete jede einzelne mit einem verschämten Lächeln.
 »Die Lehrerin hat gesagt, du kommst aus dem Kongo, da sind doch ganz Schwarze! Du bist doch nicht schwarz?«
 »Was spielt ihr denn da in Afrika?«
 »Kannst du trommeln?«

Für uns schien Afrika nur aus dem Kongo zu bestehen, aus Baströckchen, Trommeln und Löwen.

Sie war keine Löwin. Groß war sie, doch groß und dünn ähnelte sie eher einer Gazelle. Sie wich immer weiter zurück. Während sich ihre Füße instinktiv nach hinten bewegten, schaute sie sich Halt suchend, angstvoll und scheu nach allen Seiten um.

Nur einen Moment lang traf mich ihr verzweifelter Blick, klammerte sich an mich und drang tief hinunter bis in mein Herz. Ich wehrte mich dagegen, wollte mich einfach abwenden. Ich würde sie in Ruhe lassen, doch helfen würde ihr das nicht.

Also fing ich ihren Blick auf, der mich nicht losließ, ihre Verzweiflung war jetzt auch bei mir. Mir wurde immer unbehaglicher. Ein Teil von mir wollte das Gefühl abschütteln, doch es gelang mir nicht. Stärker und stärker drückte das Unbehagen meinen Brustkorb zusammen, bis die Spannung unerträglich wurde und die Angst wich.

Worte fielen aus meinem Mund: »Lasst sie doch in Ruhe«, aber sie hatten keine Kraft, kamen zu leise, zu gepresst, ohne den nötigen Atem aus mir heraus.

Langsamer als sonst schlich ich nach dem Unterricht nach Hause: Es gibt also eine Macht, die trennt, eine Grenze der Menschlichkeit. Jenseits dieser Grenze liegt das Fremde.

Es ist eine unerbittliche Grenze mit dem Recht des Vertrauten. Auch in einer Schulklasse findet sich diese Macht.

Die Gruppe bestimmt die Regeln, auch die Regel, wer fremd ist.

Sie war fremd.

Trauer stieg in mir hoch. Ich sah eine Welt mit einer dunklen Seite.

Zu Hause angekommen, schüttete ich meinem Vater mein Herz aus. Ruhig hörte er sich alles an und sagte schließlich: »Klaus, morgen stellst du das ab.« Nur diesen einen Satz, sonst nichts.

»Aber Vater, wie soll ich das denn schaffen, fast die ganze Klasse will sie nicht!«

»Nimm dein Herz in beide Hände und beschütze sie. Denk an deinen Urgroßvater und an deinen Opa. Sie haben sich für die Gleichheit der Menschen eingesetzt. Dafür war dein Opa sogar im Konzentrationslager. Bitte, vergiss das nie!«

Als ich am nächsten Morgen zur Schule ging, wunderte ich mich zunächst über die Kraft, die mir die Worte meines Vaters gegeben hatten. In Gedanken wiederholte ich immer wieder seinen Satz: »Nimm dein Herz in beide Hände …«

Je näher jedoch die Schule kam, je deutlicher ich die Gesichter verschiedener Kinder vor mir sah, umso stärker drückte die Last auf meine Schultern.

Ich sollte »das« abstellen, einfach so?

Du kannst eine Tür schließen, dann bleiben Regen, Sturm und schlechtes Wetter draußen.

Kannst du aber auch mit dem Mut der Verzweiflung eine Tür gegen das Unmenschliche schließen? Selbst wenn du alles gibst und dich gegen den Wind stemmst, kannst du sie dann immer schließen?

In der ersten großen Pause, als nicht nur peinliche Fragen gestellt wurden, stellte ich mich vor das Mädchen.

»Ihr lasst sie jetzt in Ruhe«, schrie ich.

Durch meine Entschlossenheit kehrte zunächst Ruhe ein.

Es war die Ruhe vor dem Sturm. Nach anfänglichem Zurückweichen versuchten die Ersten, mich wegzuschubsen. Es gelang ihnen nicht. Die ersten Fäuste folgten. So gut ich konnte, verteidigte ich das Mädchen, konnte aber nicht verhindern, dass sie getreten und angespuckt wurde.

Erst nach einer Weile bekam ich endlich Hilfe. Ein starker Bauernjunge aus meiner Klasse half mir, die anderen in Schach zu halten.

Die Angriffe hatten an Schärfe verloren.

## Steinzeitkarpfen

Wir hatten es gehört.

Nun hockten wir in der Toreinfahrt. Mario erzählte von Anglern, die ihn gesehen hatten.

Ein Riesenfisch, genauer gesagt ein Karpfen von unglaublichen Ausmaßen! Einen, den die Ruhr noch nicht gesehen hatte! Aber konnten wir das glauben?

Sie kennen ja sicher das Anglerlatein und dessen Übertreibungen.

Trotzdem, für uns war es eine Herausforderung, da biss die Maus keinen Faden ab.

Wir, sechs bis acht Hevener Jungen im Alter von acht bis zehn Jahren, waren eine berüchtigte Bande, die ihr Unwesen vorwiegend in umliegenden Scheunen trieb und verbotenerweise in Steinbrüchen und auf Brücken herumkletterte, eine Truppe voller Tatendrang.

Dieser Riesenkarpfen sollte an der Schleuse bei Rosendahl zwischen den Toren eingesperrt sein. Angler hatten erfolglos versucht, ihn zu fangen.

Wir schmiedeten einen Plan.

Die Jahreszeit, es war Mitte April, wäre noch erwähnenswert.

Mit einem Speer wollten wir den Karpfen aufspießen! Dazu hatten wir ein Schmiermesser mit Packband fest an einen Stock gebunden, eins, mit dem wir sonst Butter und Marmelade aufs Brot strichen. Damit machten wir uns auf den Weg.

Vor Augen hatten wir Bilder von Urzeitkriegern, die ein Mammut erlegen. So durchquerten wir unseren Steinbruch auf einem Schleichweg zur Ruhr. Unten an der Schleuse angekommen, beobachteten wir das Wasser. Tatsächlich!

Nach einiger Zeit sahen alle den breiten Rücken eines großen Karpfens, der bis dicht unter die Wasseroberfläche auftauchte.

Durch Kinderaugen gesehen, hatte er mindestens die Größe eines Haifisches!!

Wer sollte den aufspießen?
 Ich erklärte mich dazu bereit.
 Die Jahreszeit haben wir geklärt.
 Der Winter hatte fast seinen Abgang.

Vorsichtig setzte ich meinen Fuß auf einen schmalen Balken, am obersten Ende eines Tores. Häufig vom Hochwasser überspült, war der natürlich sehr glitschig. Noch balancierte ich sehr gekonnt auf dem Balken, den Speer in der Hand.
 Plötzlich ging alles sehr schnell.
 Nach einem Ausgang suchend, kam der Fisch wieder dicht an die Wasseroberfläche.
 Die Bande johlte und schrie: »Spieß ihn auf!«
 Ich hob den Speer, schleuderte ihn in das dunkle Wasser, verlor zuerst die Beherrschung, dann den Halt.
 Im nächsten Moment war ich beim Fisch im Wasser.

Auftauchen, strampeln, schwimmen, alles geschah gleichzeitig und mit wachsendem Tempo, denn es war kalt, eiskalt!

Irgendwie kam ich ans Ufer, wurde herausgezogen, stand nun im kalten Wind, bibberte, schlotterte und zitterte.

Sollte ich die Kleidung ausziehen oder anlassen?

Ich entschied mich für Laufen, so schnell ich konnte.

»Jetzt nur schnellstens nach Hause«, war mein einziger Gedanke.

Meine Mutter steckte mich sofort in eine warme Badewanne.

Nicht einmal einen Schnupfen habe ich davongetragen.

Ja … und der Fisch?

Ist nie wieder aufgetaucht.

Ja, so entstehen Legenden.

## Bergsteiger unter sich

Kennen Sie noch Louis Trenker?

Ja, genau den, der im Fernsehen stundenlang und mit wachsender Begeisterung vom Bergsteigen erzählt hat.

Wie er das Matterhorn erklommen hat und in der Eigernordwand festhing.

Da haben Sie doch gedacht, Sie wären dabei gewesen.

Zwar hatten wir nicht in unmittelbarer Nähe das Matterhorn im Ruhrgebiet und auch nicht die Eigernordwand, dafür aber einen alten Steinbruch, der eine dreißig bis vierzig Meter hohe Felswand besaß. Und genau die wollten wir erklimmen.

Freies Klettern oder Freeclimbing würde man es heute nennen, denn wir hatten weder Haken, Seile noch Pickel.

Am Steinbruch angekommen, standen wir zu viert unten.

Wir waren zwischen zehn und zwölf Jahre alt.

Angespannt und mit Falkenaugen betrachteten wir die Wand.

Wo sollten wir unseren Aufstieg beginnen?

Welche Route war die sicherste?

»Dort«, sagte Rainer und deutete mit dem Finger auf einen Punkt, an dem die Felswand sehr zerklüftet war. Die hervorspringenden Felsbrocken boten in der Tat guten Halt.

»Aber schau mal darüber in die Mitte der Felswand«, widersprach Mario.

Ein lockeres Steinfeld, das von Ginsterbüschen durchwachsen war, erstreckte sich steil nach oben.

»Wie sollen wir dort weiterkommen? Oder kannst du schneller laufen und krabbeln, als deine Füße den Schotter nach unten treten?«

»Wir können uns von Busch zu Busch hangeln, sie stehen sehr dicht«, sagte ich.

»Ja, wenn wir flink genug sind, können wir es packen. Los, kommt!« Kurt startete entschlossen.

Wir folgten ihm und stiegen in die Wand.

Die Sonne schien auf unter uns liegende Felsbrocken, die durch eine Sprengung dorthin gerollt waren.

Zuerst kamen wir gut voran.

Als wir durch das Geröllfeld kletterten, wurden unsere Tritte unsicher.

Angst kroch in unsere Gesichter.

Wir tauschten kurze, verstohlene Blicke.

Niemand wollte oder konnte etwas sagen.

Wir waren schon zu weit, ein Zurück war lebensgefährlich.

Hin und wieder löste sich ein Stein unter dem Druck unseres Gewichtes. In Sprüngen und hart aufschlagend, sauste er in die Tiefe.

»Vorsicht!«, hieß es dann.


Nachdem wir etwa zwei Drittel des Geröllfeldes durchquert hatten, passierte es.

Rainer kletterte direkt über mir.

Gerade wollte ich mit der rechten Hand einen der Büsche greifen, als sein Fuß abrutschte, meine Hand nach hinten flog und ins Leere griff.

Für einen kurzen Moment, so ist es mir in Erinnerung, sah ich mich schon fallen, fühlte, wie mein Körper nach hinten wegkippte.

Durch einen unsichtbaren Impuls, der mich wie ein Stromschlag durchzuckte, ergriff ich den Busch mit der linken Hand. Mein Atem stockte. Als ich für einen kurzen Augenblick auf die unter mir liegenden Felsbrocken sah, blieb mir fast das Herz stehen.

Dann sah ich zu Rainer hoch. Fassungslos starrte er mich an.

Er wollte sprechen, versuchte mit zuckenden Lippen ein Wort zu bilden. Es gelang ihm nicht.

Ich bemühte mich um ein glückliches Lächeln.

»Alles klar«, brachte ich noch hervor. Das galt eher mir, um es mir selbst einzureden.

Oben angekommen, konnte Rainer immer noch nicht sprechen.

Wir setzten uns. Als ich ihn anschaute, war sein Gesicht weiß wie die Wand. Nach einer kleinen Ewigkeit stammelte er leise: »Ich, ich habe dich schon unten liegen sehen.«

Diese und andere Geschichten habe ich meiner Mutter nie erzählt.

# Umzingelt

Welches Kind liebt keine verbotenen Dinge?
Wir waren da sicher keine Ausnahme.
Wenn wir nicht gerade Fußball spielten, stromerten wir in unserer Gegend herum.
Ein Schild mit der Aufschrift »Betreten verboten!« war geradezu eine Einladung für uns. Besonders, wenn schöne große Lehmhügel dahinter lockten, Gräben, die sich mit einem Brett überwinden ließen, und ein Rohbau, an dessen Fassade man auf einem Gerüst klettern konnte.
Es war einfach spannend, vom Gerüst aus in eine Fensteröffnung des zweiten Stockes zu klettern, indem genau genommen noch keines war, und auf Treppen ohne Geländer zu gehen.
Der Blick von oben hat mich immer schon fasziniert.
Auch an dem Tag, von dem ich jetzt erzähle, waren wir auf einer verbotenen Baustelle.
Es war schön sonnig. Als wir genug vom Klet-

tern in den Gebäuden hatten, ruhten wir uns in einer ausgeschachteten Grube unterhalb eines halbrunden großen Lehmhügels aus. Dort sollte wahrscheinlich der Keller eines anderen Hauses entstehen.

Wir lehnten uns an die Lehmwände, rollten eine Lakritzschnecke aus und teilten sie. Genüsslich stecken wir das Ende unserer Schlange in den Mund. Bequemer war es noch, mit geschlossenen Augen den Kopf nach hinten zu legen, zuvor locker schwingend ein Ende der Schlange mit der Hand zum Mund zu führen, es mit den Zähnen festzuhalten und die Arme seitlich vom Körper ruhen zu lassen. Die Kaninchenmümmeltechnik kam zum Einsatz.

Gut, die Kaumuskeln werden angestrengt, aber man wird angenehm müde dabei. »Macht nichts«, dachten wir.

Wir hatten uns gut versteckt für den Fall, dass einer kommen sollte.

Nein …einer kam ja auch nicht.

Eine ganze Horde von Kindern erstürmte plötzlich den Hügel.

Wir drehten uns um und sahen sie über uns. Breitbeinig hatten sich alle oben im Halbkreis aufgestellt. Jetzt flog der erste Lehm. Auch wir formten kleine Lehmkugeln.

Es war ja nur ein Spiel.

Bis der erste Stein flog.

Sie hatten jetzt Kieselsteine gefunden.

Ihre Würfe wurden immer zielgenauer.

Die Steine sausten Zentimeter über unsere Köpfe hinweg.

So dicht wie möglich pressten wir uns an die Lehmwände.

Mario rief: »Hey, ihr da, das sind doch Steine!«

Ich schrie: »Hört auf, das ist kein Spaß!«

Ein höhnisches Gelächter war die Antwort.

Schnell mussten wir uns wieder ducken, denn jetzt flogen die Steine von verschiedenen Seiten.

Unsere Angreifer bildeten nun einen Kessel und kamen langsam den Hügel hinunter. So gut es ging, wehrten wir uns mit allem Lehm, den wir hatten, um sie auf Abstand zu halten.

Es gelang uns aber nicht.

Erste Steine trafen uns am Rücken, an den Beinen.

Einer streifte meinen Hinterkopf, es tat höllisch weh.

»Weg, raus hier! Schnell weg!« rief ich zu Mario.

Wir nahmen all unseren Mut zusammen. Mit einem lauten »Uuah!« liefen wir ihnen entgegen. Für einen Moment waren sie überrascht, und genau den nutzten wir.

Ehe sie weiterwerfen konnten, durchbrachen wir ihren Riegel. Wer sich uns entgegenstellte, wurde nach hinten umgestoßen.

Wir waren erstaunt, wie schnell alles ging und wie viel Kraft wir hatten. Bis wir in einem sicheren Abstand zu ihnen waren, liefen wir weiter.

Das Gefühl von Wut verdrängte meine Angst.

Mario drohte: »Wir werden uns jeden von euch merken. Euch kriegen wir.«

Nach etwa zwei Wochen sahen wir drei von ihnen auf dem Schulhof. Nach einem schnellen Spurt hatten wir zwei der Jungen am Wickel und stellten sie zur Rede. Kleinlaut und ängstlich ohne ihre Gruppe entschuldigten sie sich.

Na ja, vielleicht waren wir auch ein bisschen fies.

Sie sollten vor unseren Augen türkisch beten.
»Also auf die Knie, fortwährend ‚salem aleikum' sagen und die Erde küssen.« Wenn sie sich für eine Richtung entschieden hatten, kam der prompte Hinweis: »Da ist nicht Mekka.«
Sie rutschten mit den Knien in eine andere Richtung. ‚Salem aleikum' sagen, Erde küssen, andere Richtung!
So ging es eine ganze Weile weiter.

Strafe musste schließlich sein!
Endlich ließen wir sie ziehen.

Langsam, mit hängenden Schultern, und sich mit einem müden und geschlagenen Blick immer wieder umwendend, entfernten sie sich.

Wir hatten sie gedemütigt und ihnen den Stolz genommen.

Als wir sahen, wie sie davonzogen, taten sie uns wirklich leid.

Aus tiefstem Herzen riefen wir ihnen zu: »Ihr braucht keine Angst mehr zu haben!«

Für einen kurzen Moment blieben sie stehen und drehten sich um. Unsere Blicke trafen sich. Wir hoben unsere Hände.

Verlegen erwiderte einer von ihnen diese Geste.

Zögernd durchquerten sie den Schulhof und verschwanden am anderen Ende auf einem Schleichweg durch die Büsche.

Später ging ich mit meinen Eltern zu Friedensdemonstrationen. Aufmerksam hörte ich meinem Opa zu, wenn er vom Krieg erzählte.

Wie schnell es ernst werden kann, hatte ich schließlich erlebt.

# Die Herbeder-Ruhrbrücke


Dass man über eine Brücke gehen kann, weiß jedes Kind.

Dass man auch in einer Brücke herumklettern kann, wussten wir Kinder nicht.

Als Elf- und Zwölfjährige waren wir sehr abenteuerlustig und hatten unsere Augen und Ohren überall.

Einer unserer Jungen hatte gehört, dass Jugendliche in der Herbeder-Ruhrbrücke gewesen waren.

Für uns hörte sich das nach einer »Verlade« an.

»Wie kann man denn in einer Brücke herumlaufen?«, wollten wir wissen.

Deshalb beschlossen wir, der Sache auf den Grund zu gehen.

Zu fünft trafen wir uns am Ufer unter einem Bogen der Brücke. Von dem Pfeiler aus also sollten die Halbstarken in die Brücke gekommen sein. Wir erkundeten die Lage, strichen um den Pfeiler herum und schauten hoch. Hatten sich die

Jugendlichen vielleicht oben vom Brückengeländer abgeseilt und waren so durch ein Loch in die Brücke gelangt?

Trotz angestrengter Suche entdeckten wir jedoch keinen Hinweis auf ein Seil oder ein Loch, sei es noch so klein.

In Mannshöhe unten am Pfeiler bemerkte Mario eine kleine Eisentür. Jetzt fiel uns auf, dass auf dem gegenüberliegenden Pfeiler, entlang des Bogens weiter zur Landseite, genau die gleiche Eisentür war. Sie hatte ein dickes Vorhängeschloss. Genau aber das fehlte an unserem Pfeiler.

Wie sollten wir die schwere, rostige Tür in dieser Höhe nur aufbekommen?

»Das war's«, dachten wir.

Die Tür mit der Räuberleiter zu erreichen, hätten wir mühelos noch geschafft, aber sie auch zu öffnen?

Unmöglich!

Wir wollten schon den Heimweg antreten, als Kurt eine lange Eisenstange fand, die etwas versteckt im hohen Gras lag.

Mit dieser Eisenstange hebelten wir schließlich die Tür auf.

Armin, der wegen einer Kinderlähmung auf keinen Baum kam, blieb unten und stand Schmiere.

Als wir in einem hohen Raum standen, waren wir überrascht.

Nach innen gab es eine weitere, noch größere Öffnung.

Auch sie war so hoch gelegen, dass wir sie nur mit einer Leiter erreicht hätten.

Ja, oder mit einem Brett!

Auf der Erde an einer Seite des Raumes sahen wir es liegen, ein Brett vom Bau. Der Länge nach stellten wir es auf, lehnten es an und zogen uns auf allen vieren hinauf.

Als wir dann den großen hallenartigen Raum betraten, waren wir fassungslos vor Staunen. Wir fühlten uns wie in einer Kathedrale. Laut hallten unsere Stimmen.

Zur Wasserseite offen, drang genug Tageslicht ein.

Zur Landseite herrschte gähnende Dunkelheit.

Unsere Freude über das Entdeckte war zunächst groß, trotzdem beschlich uns eine unbestimmte Angst.

In der Mitte des Raumes entdeckten wir eine Feuerstelle.

Einige Dosen Bier lagen verstreut herum.

Waren wir hier wirklich allein?

Waren hier wirklich Halbstarke gewesen?

Wir riefen daher einige Male »Hallo!« und »Ist hier jemand?«, doch von drinnen kam keine Antwort.

Sie kam von draußen.

Dumpf hörten wir Armin rufen: »Was ist los, wo seid ihr?«

Also kletterten wir wieder zurück und berichteten ihm alles.

Während der folgenden Tage hatten wir nur ein Thema: die Brücke.

Wie gewöhnlich spielten wir nachmittags Fußball auf der Wiese, doch in den Pausen hockten wir uns zusammen, tranken Wasser und schmiedeten Pläne.

Am geöffneten Teil des großen Raumes, entlang des sich verjüngenden Bogens, wollten wir die Ruhr überqueren.

Wir hatten gesehen, dass dort ein Steg verlief, über den dicke Kabel zur anderen Seite führten.

Zu beiden Seiten war er offen, aber so niedrig, dass wir nur kriechend hinüberkommen konnten.

Wir hatten Glück, dass Armin uns wieder unterstützte.

Unkosten?

Unterstützung, Räuberleiter und Aufpassen bezahlten wir mit einer Brause und fünf Lakritzschnecken.

Als wir das erste Mal auf die andere Seite der Ruhr krochen, war uns sehr mulmig. Es war gewaltig hoch! Mit der Zeit kam die Routine. Jedes Mal beim Zurückkommen zog uns die Dunkelheit am anderen Ende des Raumes magisch an.

Zur Landseite verlief ein weiterer Bogen. Auch dort wurde der Steg zur Mitte hin immer niedriger, das war von draußen gut erkennbar. Hier war er aber zu keiner Seite offen, und genau das machte nicht nur seine Dunkelheit aus, sondern erregte immer wieder unsere Aufmerksamkeit.

Wie mochte es hinter dem großen Pfeiler aussehen?
Waren dort vielleicht Ratten? Oder lag dort etwa ein Toter?

Schließlich siegte die Neugierde.
Mit Armin, drei Kerzen und zwei Schachteln Streichhölzern pro Mann waren wir auf unser Abenteuer gut vorbereitet.

Anfangs flackerten die Kerzen wegen des Luftzugs.
Wir mussten die Flamme mit der Hand schützen. Als wir aber weiter den Steg entlangkrochen, wurde unser Licht ruhiger.
Eine dicke Staubschicht auf dem Boden fiel mir auf.
Die sollte mir fast zum Verhängnis werden.

Immer höher wurde der Steg, wir mussten uns nicht mehr gebückt bewegen. Schließlich hatten wir unser Ziel erreicht.

Das spärliche Licht unserer Kerzen warf einen schwachen Widerschein von den Wänden.

Enttäuscht darüber, nicht mal eine läppische Maus vorgefunden zu haben, traten wir den Rückweg an.

Ich war in der Mitte der Gruppe. Nachdem wir etwa die Hälfte des Weges zurückgelegt hatten, war durch das Scharren der Füße vor und hinter mir so viel Staub aufgewirbelt, dass ich kaum noch Luft bekam.

Langsam kroch die Angst in mir hoch.

Sollte ich hier etwa ersticken? Die Angst wurde zur Panik!

Hart stieß ich meinen Vordermann an, wollte schreien, brachte aber wegen des ständigen Hustens nur abgehackte Laute heraus.

Vor mir hörte ich Mario rufen: »Halt durch! Halt durch!«

Meine Vordermänner krochen jetzt so schnell sie konnten.

Dadurch wurde noch mehr Staub aufgewirbelt.

Was hätten sie anderes tun sollen?

Endlich flackerte meine Kerze wieder. Der Steg wurde breiter und höher. Immer deutlicher war der Luftzug zu spüren.
Sie zogen mich mit sich.
Ich konnte schon die Ruhr sehen, war jetzt wieder im »Großen Raum«.
»Atme, Mensch, atme!«, schrie mich Mario an.

Ich konnte mich nicht mehr auf den Beinen halten.
Sie zogen mich hoch. Immer wieder sackte ich in die Knie.
Sie hielten mich fest, klopften mir auf den Rücken, hielten meine Arme hoch, bis mein Atem allmählich ruhiger wurde.
Nur ganz langsam gelang es mir gegen einen großen Widerstand, meine Lungen mit Luft zu füllen.

Ein unbeschreibliches Glücksgefühl überkam mich.

Wir lagen uns in den Armen, unsere Finger krallten sich fest in unsere Jacken, wir schrien und lachten, während uns Tränen die Wangen herunterliefen.

# Die Mutprobe

Eigentlich war es ganz leicht.
   Wie gesagt. Eigentlich!

Wer zu unserer Bande gehören wollte, musste sie ablegen.
   Wir erwarteten, dass er während der Kirschzeit über eine kleine Hecke des Nachbarn sprang, an einem in unmittelbarer Nähe der Hecke gelegenen kleinen Kirschbaum mindestens drei Kirschen pflückte und rechtzeitig mit der Beute auf den Bürgersteig zurückkam. Wohlgemerkt: rechtzeitig!
   Nachbar Priesner hatte einen Wolfsspitz.
   Das hört sich erst einmal nicht harmlos an, doch das Risiko, vom Hund gepackt zu werden, wurde durch folgende Punkte minimiert.
   Erstens: Sichtbar für jedermann, erhobenen Hauptes und mit gespitzten Ohren thronte der Spitz auf seinem Stammplatz, einer Decke, im überdachten Vorraum vor der Haustür.

Zweitens: Er reagierte wie auf Knopfdruck. Durch wiederholte Testsprünge hatten wir herausgefunden, dass seine beste Zeit bis zum Kirschbaum acht Sekunden betrug.

Wir zählten: »Einundzwanzig, zweiundzwanzig ...« usw.

Genau fünf Sekunden hatte man nach dem Sprung über die Hecke, um die Kirschen zu pflücken, denn man benötigte für den Anlauf und den Weg zurück drei Sekunden.

Das war Generalstabsplanung, knapp kalkuliert; stolpern durfte man nicht.

Stets bellend, rannte der Wolfsspitz wütend bis zur Halskrause auf uns zu, die Haustür wurde geöffnet, Herr Priesner drohte etwa zwei Minuten lang schimpfend mit dem Stock.

Das war grundsätzlich so. Er war also auch berechenbar.

So trieben wir in der Kinderzeit mit den beiden unseren Schabernack.

Dem Wohlwollen des Himmels sei Dank, wir blieben ohne Wadenbiss!

Wenn ich Jahre später, der Wolfsspitz war verstorben, den inzwischen erblindeten Nachbarn traurig vor der Tür sah, versetzte mir das immer einen Stich ins Herz.

Eines Tages konnte ich nicht mehr einfach nur vorbeigehen.

Etwa auf der Höhe des Hauses wurden meine Schritte träger und langsamer, bis ich endlich stehen blieb.

Ich öffnete das Gartentor, ruckartig wandte er seinen Kopf.

Er hob ein wenig sein Kinn, schien mich gehört zu haben. Während ich das Türchen zögernd hinter mir schloss, vernahm ich ein Bellen, das gar nicht mehr da war.

Ich ging auf ihn zu.

»Guten Tag, Herr Priesner«, brachte ich stockend hervor.

»Wer ist da?«

»Schulz, Klaus Schulz, ich wohne schräg gegenüber.«

»Klaus«, sagte er leise vor sich hin. Seine Gedanken hatten sich jetzt auf eine Reise begeben, hatten ihr Ziel erreicht und Gewissheit erlangt.

»Klaus«, sagte er daher ein zweites Mal.

»Herr, Herr Priesner, ich wollte, ich bin vorbeigekommen, ich hab sie gesehen …«, stammelte ich.

»Ja, Klaus, ich bin blind, kann nur noch verschwommen die Bäume und Sträucher sehen. Haben dir die Sauerkirschen denn damals gut geschmeckt?«

»Ja, Herr Priesner, es waren die besten«, log ich.

Unwillkürlich zog sich jetzt mein Mund zusammen, die Zunge klebte mir förmlich am Gaumen.

»Mit Zucker auf einem Tortenboden waren sie wirklich die besten.«

»Herr Priesner«, begann ich erneut. »Ihr Hund? Haben Sie keinen neuen?«

»Mein Wölfi ist nicht zu ersetzen! Führ mich mal ins Haus. Es ist schon anstrengend wegen der Treppen, weißt du. Ich zeige dir ein paar Fotos.«

Wir gingen ins Haus. Er deutete auf einen Karton, den ich öffnen sollte. Ganz obenauf lagen Bilder von einem drolligen Hundebaby.

»Ja! Das war schon ein wackerer Kleiner.«
»Und verdammt schnell«, entfuhr es mir.
»Du weißt, dass es nur ein Spiel war.«
»Ein Spiel?«
»Ja, glaubst du denn, ich hätte zugelassen, dass er euch wirklich erwischt?«

»Aber, aber das war doch eine Mutprobe!«

»Na ja«, er lachte. »So eine kleine Übung war es schon. Zieh mal die erste Schublade von der Kommode auf und nimm dir eine Tafel Schokolade heraus. Kinder mögen doch immer so was.

Für die bestandene Mutprobe!«, sagte er.

# Eine pastorale Geschichte

Als erstgeborener Sohn eines leidenschaftlichen Atheisten und überzeugten Kommunisten stand ich natürlich unerschütterlich an der Seite meines Vaters. Alle Jahre wieder, immer nach den Sommerferien, befreite mich mein Vater schriftlich und mit freigeistiger, großer Unterschrift vom Religionsunterricht, sehr zum Neid meiner Klassenkameraden.

Meine Mutter, evangelischen Glaubens, stellte meine Bekehrung zwar ganz oben auf die Wunschliste ihrer stillen Sehnsüchte, übte sich jedoch in der Tugend der Geduld, bis die Konfirmation nahte.

Nun zog sie mich in vertrauliche Gespräche. In großer Sorge um meine persönliche Zukunft im Hinblick auf mein Seelenheil bat sie mich inständig, doch den Konfirmandenunterricht bei »Herrn Pastor« zu besuchen. Auf meine Frage, ob Vater dies denn wisse, antwortete sie, dass Vater zwar alles essen könne, nicht aber alles wissen müsse.

Da ich auch sie nicht enttäuschen mochte, suchte

ich brav und heimlich das Pastorenhaus auf. Zweifel an der Richtigkeit meines Tun kamen mir eigentlich nicht, da der Pastor interessante und spannende Geschichten erzählte, die eine willkommene Abwechslung zu meinem Fußballtag waren.

Nein, ich war sogar im himmlischen Frieden mit mir, da ich praktisch nach dem vierten Gebot lebte.

»Du sollst Vater und … Mutter ehren.«

So verliefen meine ersten religiösen Unterweisungen positiv und störungsfrei. Der offizielle Segen der Kirche lag noch in weiter Ferne. Mutter war beruhigt und glücklich.

Vater ahnte noch nichts.

An einem der Donnerstage unseres Konfirmandenunterrichtes, wir sprachen gerade über die Zehn Gebote, wurde plötzlich die Tür des Raumes schwungvoll aufgestoßen und mein Vater stand im Raum, groß, stolz und unerbittlich! Ohne große Umschweife erklärte er dem »Herrn Pastor«, dass wir an diesen »Zinnober« nicht glaubten und uns »solchen Kokolores« nicht vorgaukeln ließen.

Im Übrigen wäre unser rechter Weg der linke.

»Klaus, zieh dich an, wir haben hier nichts verloren!«

Der Pastor war völlig überrascht und sprachlos, fasste sich aber schnell wieder. Er stand von seinem Stuhl auf und ging mit ausgestreckten Armen und beschwichtigender Geste auf meinen Vater zu.

»Herr Schulz, bitte warten Sie doch mal, wir sprechen hier über die Zehn Gebote, diese sind doch für jeden Menschen von großer Bedeutung. Ihr Sohn kann doch immer noch frei für sich entscheiden, ob er an der Konfirmation teilnehmen möchte.«

»Sparen Sie sich Ihre Mühe, wir nehmen an der Konkurrenzveranstaltung teil. Mein Sohn geht zur Jugendweihe!«

Dabei blieb es. Mein Vater war in der Gewaltigkeit seines Auftrittes nun mal nicht zu halten, wenn erst das Feuer seiner tiefsten Überzeugungen hell erloderte.

Ich dachte: »Das war es! Die beiden werden sich ihr Lebtag nicht grün.«

Doch das Leben schrieb eine andere Geschichte.

Das erste Wiedersehen der beiden fand bei der DFG-VK in Witten statt, der Deutschen Friedensgesellschaft – Vereinigte Kriegsdienstgegner. Dort sollte der nächste Ostermarsch geplant werden. In diesen Räumen schwiegen selbstverständlich die Waffen, die agitativen eingeschlossen.

Was soll ich weiter berichten?
Langsam entwickelte sich ein ausgesprochen herzliches Verhältnis zwischen Herrn Pastor und Vater.
Nur zu Hause hörte ich ihn häufig im Sessel sitzend sinnieren.

Er konnte es immer noch nicht fassen, dass ausgerechnet so ein netter Mensch Pastor geworden war.

# Ein ungewöhnlicher Fund

Es war in der Vorweihnachtszeit. Ein eiskalter Winter überzog in diesem Jahr das Land mit einem dünnen, weißen Kleid. Der wenige Schnee ließ die Kinderherzen nicht gerade vor Freude hüpfen!

Auch mein Bruder und ich warteten sehnsüchtig auf mehr Schnee. Schließlich wollten wir eine Schanze bauen und mit den Skiern darüber segeln, so wie die Großen.

Gespannt verfolgten wir im Fernsehen die Wettbewerbe.

Am frühen Nachmittag kam mein Vater mit einem Pappkarton unter dem Arm nach Hause. Er stellte den provisorisch gefalteten Karton auf den Küchentisch.

Mit vorgetäuscht ernster Miene sagte er: »Ich habe euch ein Geschenk mitgebracht.«

Neugierig kamen wir näher, konnten aber nicht erahnen, was es war. Unsere Fantasie schlug Purzelbäume.

»Vater, sind das vielleicht die neuen Sicherheitsbindungen für unsere Skier?«

Natürlich hatten wir im Fernsehen gesehen, wie leicht die Sportler mit ihren Schuhen in die Bindungen kamen, und sie auch wieder lösen konnten. Wir besaßen nur ein paar alte Gebirgsskier, echte Nachkriegsware. Die Unterseite war mit Teer bestrichen, so sparte man Wachs. Wenn man die Skier dann nachwachsen musste, nahm man einfach ein paar Kerzenreste vom letzten Jahr, die Farbe spielte keine Rolle.

Unsere Skier hatten keine Sicherheitsbindung. Einmal geschnürt, saßen sie bombenfest. Wer mit solchen Skiern stürzte, konnte erst mal »seine Gräten richten«. Da löste sich kein Ski automatisch.

Vater zeigte auf den Karton: »Macht ihn ruhig auf.«

Mit einem Griff flog der Deckel in die Höhe.

Ich weiß nicht, wie unsere Gesichter ausgesehen haben.

Vielleicht waren es auch mehrere Gesichter, die rasch wechselten.

Mit großen Augen bemerkte mein Bruder treffend: »Ein toter Vogel?«

»Nein«, entgegnete mein Vater. »Nicht irgendein toter Vogel, es ist ein toter Mäusebussard.«

»Was sollen wir denn damit!?«

»Na, ausstopfen und ins Fenster stellen.«

Mutter konnte ihr Lachen nicht mehr verkneifen.

»Von da aus kann er dann die Kaninchen beobachten«, sagte sie.

Mein Bruder schien sich nun für den großen Vogel zu interessieren. Plötzlich sagte er: »Der hat seine Kralle bewegt.«

»Ja, am Ende kann der sich noch selbst wiederbeleben.«

Alle lachten, bis auf meinen Bruder.

»Da, schon wieder hat er gezuckt!«

Er war jetzt wie im Fieber. Mein Vater wollte ihn beruhigen und fasste den Greifvogel an den Flügeln. In diesem Moment schlug der Vogel, der in der warmen Stube aus seiner Kältestarre erwacht war, mit den Flügeln. Erschrocken ließ Vater los. Mit ausgestreckten Flügeln war der Vogel jetzt mächtig groß.

Tante Paula hatte einen Kanarienvogel, den ließ sie hin und wieder um die Lampe kreisen.
Aber haben Sie schon einmal einen ausgewachsenen Bussard in einer kleinen Küche fliegen sehen?

Das Tier hatte panische Angst und wollte um jeden Preis flüchten. Die Ereignisse überschlugen sich.
Teller flogen vom Tisch, Blumentöpfe stürzten zu Boden.
Die Gardine wurde von den Krallen zerrissen.
Schützend nahm meine Mutter uns hinter sich.
»Fredi«, schrie sie verzweifelt, »tu endlich was!«

Ihr Mann hatte jetzt eine Decke gegriffen, die er über den Vogel werfen wollte. Sie verfehlte aber ihr Ziel. Beherzt griff er nun mit bloßen Händen zu. Mit seinen scharfen Krallen wehrte sich der Mäusebussard und hackte mit dem Schnabel.

Blutige Kratzspuren hinterließ er auf den Händen und Unterarmen meines Vaters.

Schließlich gelang es ihm, das Tier mit der Decke zu fangen. Rasch brachte er es nach draußen.

Mein Bruder, der ein wenig stotterte, wenn er sehr aufgeregt war, stammelte: »Ich, ich ha', hab', do', do', doch gesagt, eh', er hat sich bewegt.«

## Not macht erfinderisch

Meine Mutter hatte fünf Mäulchen zu stopfen.

Ich bin sicher, dass sie es war, die die preiswerte und kreative Küche erfand: »Gerichte unter zwei Mark – für die ganze Familie, versteht sich!«

Außerdem hatte sie einen Sparschäler zu Hause. Denn mein Vater konnte mit dem Küchenmesser eine Kartoffel so dünn schälen, dass man durch die Schale eine Zeitung lesen konnte!

Einmal im Jahr kaufte mein Vater im sauerländischen Selm ein halbes Schwein. Zu Hause wurde es von einem gelernten Metzger verarbeitet und portionsgerecht eingefroren.

Eines Tages hatte Vater einen genialen Plan: das Geld für das ganze halbe Schwein zu sparen, indem er ein ganzes und weit weniger als ein halbes organisierte.

Ein Bauer, bei dem er arbeitete, klagte über die vielen kleinen Ferkelchen, die eine Sau geworfen hatte. Unter einigem Gelächter des »Hofstaates« bot Vater dem Bauern an, ihm ein Ferkelchen abzunehmen, um es großzuziehen.

Durch den Abschluss einer Wette entkam er schließlich mit dem Ferkelchen:
»Fredi, wenn du dat groß kriss, bekomms'e bei mir im nächsten Jahr 'n kleinet Kälbchen. Wenn nich, kalks'e meinen Stall kostenlos.«

Zu Hause waren wir Kinder begeistert von dem Tierchen. Immer wieder griffen wir in den Karton mit Stroh, um mit dem Ferkel zu spielen.

Weniger begeistert, aber reaktionsschnell, zeigte sich meine Mutter: »Was sollen wir denn mit dem Schwein?«
»Na großziehen, um es später zu schlachten«, entgegnete mein Vater.
»So, schau mal nach draußen, es ist noch Winter, und im Stall wird es ohne wärmende Mutter erfrieren!«
Nach einer Atempause erklärte Vater: »Ja, weißt

du, ähh, ich dachte ja auch nicht, dass es draußen so allein im Stall …«

»Wie bitte?«, unterbrach sie messerscharf.

»Ja«, rückte mein Vater mit der Idee und dann auch mit der ganzen Sprache heraus, »wir können es doch in der Stube hinter dem Kohleofen …«

Weiter kam er nicht.

»Ein stinkendes Schwein bei uns im Hause, ich fass es nicht!« Meiner Mutter fehlten die Worte.

Die fand aber meine ebenfalls anwesende Großmutter.

»Margret«, sagte sie nicht ohne ein Schmunzeln, »das kriegen wir schon groß. Im Frühjahr kommt es in den Stall zu den Hühnern.«

Gesagt, getan!

Jeden Tag fütterten wir das Schweinchen mit einer kleinen Flasche, in der zuvor Liebesperlen waren. Den Schnuller hatten wir ein wenig abgeschnitten. So nuckelte es ordentlich daran, während die Kuhmilch in seinem kleinen Magen gluckerte.

Meine Mutter wurde von Tag zu Tag unzufriedener mit dem neuen Gast. Sie ertrug die »schweinische Vorstellung« nicht länger. Resolut setzte sie sich durch.

Das Ferkel musste in den Hühnerstall umziehen. Dort wurde es unter eine Rotlichtlampe auf Stroh gebettet.

Nach wenigen Tagen verstarb es.

Wie versprochen kalkte mein Vater ohne Lohn den Stall des Bauern.

Ich lernte daraus eine der wichtigsten Lebensregeln:

»Mögen deine Ideen noch so genial sein, besprich sie erst mit deiner Frau.«

# Das Supertalent

Ich war sehr aufgeregt. Zahlreiche Kanuten verschiedenen Alters hatten sich bei hochsommerlichen Temperaturen für die Kanurallye angemeldet. Stromabwärts sollte es von Witten bis nach Bochum-Dahlhausen gehen. Die Strecke betrug fünfundzwanzig Kilometer.

Ich startete in der Jugendklasse. Am Startpunkt unterhalb des Viaduktes, vor dem Kanu-Club Witten, war die Ruhr von Booten übersät. Kanus und Kajaks sowie Faltboote, mit Wimpeln verschiedenster Vereine beflaggt, boten ein farbenfrohes Bild. Etwa alle zwanzig Minuten startete eine Gruppe von Kanuten. Die Jüngsten kamen zuletzt.

»Jetzt die Jugendklasse«, erreichte mich die verzerrte Stimme aus einem Megaphon. Inzwischen ungeduldig geworden, bekam ich endlich meine Startkarte.

Nun gab ich alles! Ich stellte mein Paddel steil

und stemmte mich gegen das Wasser. Nach etwa einer dreiviertel Stunde hatte ich die vor mir gestartete Gruppe eingeholt.

»Du hast es aber eilig«, tönte ein Kommentar von der Seite.

Im nächsten Moment war ich schon vorbeigezogen.

Das anschließende Gelächter hörte ich nur beiläufig, schließlich brauchte ich meine volle Konzentration für den Sieg.

Von da an überholte ich alle, die vor mir waren.

An der Schleuse bei Rosendahl, an der ich das Boot umtragen musste, zog ich die Spritzdecke ab und war mit einem Satz draußen. Im Laufschritt ging es mit dem Boot über der Schulter die Wiese entlang.

Am Ende der Wiese angekommen, ging es in umgekehrter Reihenfolge weiter: das Boot von der Schulter weg ins Wasser geworfen, hineingesprungen, die Spritzdecke fest gemacht und losgepaddelt.

Während der Fahrt machte ich immer mal wieder eine Eskimorolle, denn es war sehr heiß.

Auf dem letzten Drittel der Strecke stieß ich auf erbitterten Widerstand. Vier Mann in einem Abfahrtsboot ließen sich nicht von mir überholen. Sie warfen von Mal zu Mal eine Schüppe Wasser mehr nach hinten, wollten mir davonfahren, versuchten mich abzuschütteln, doch ich blieb dicht hinter ihnen.

Nach einer Weile drehte sich der letzte von ihnen um und rief anerkennend: »Mensch, der Junge hält aber durch!«

Auf den letzten zwei Kilometern jedoch begannen meine Kräfte nach und nach zu schwinden. So zogen sie mir davon.

Hitze und Erschöpfung forderten ihren Tribut.

Ich paddelte jetzt wie in Trance. Der Fluss wurde nun breiter, ich hob nicht mehr den Kopf, sondern sah bei jedem Paddelzug nur noch links und rechts auf das Paddelblatt.

Langsam drang lautes Zurufen von Zuschauern an mein Ohr. Als ich endlich meinen Kopf hob, entdeckte ich eine Gruppe, die in heller Aufregung war. Arme ruderten in der Luft, Hände winkten das totale Zurück, zahlreiche Finger zeigten beschwörend in eine andere Richtung.

Ich benötigte eine Weile, bis ich ihre Inszenierung deuten konnte. Gerade noch rechtzeitig bemerkte ich den weißen Schaum, der von unten durch die Walze am Wehr heraufflog, sah den Totenkopf über dem Wasserfall und änderte sofort die Richtung.

Erleichtert lachten sie, Gesichter und Arme entspannten sich und Finger wiesen auf einen kleinen Seitenarm der Ruhr, der als Strecke vorgesehen war.

Es folgte eine kleine Wasserrutsche, mehr ein Spaß als eine Herausforderung – und ich war am Ziel.

Entkräftet und völlig ausgepumpt legte ich am Steg an.

Man half mir aus dem Boot, hielt mich fest.

»Wo ist die Karte mit deiner Startzeit?«, wurde ich gefragt.

Ich deutete auf das Boot.

»Sie liegt unter dem Sitz.«

Jemand holte sie heraus und rief erstaunt in die

Runde: »Das gibt's doch gar nicht! Hört mal alle her!«

Der Mann trat jetzt einen Schritt zurück und wies mit ausgestrecktem Arm auf mich: »Dieser junge Mann hier hat nur eine Stunde und sechsundfünfzig Minuten gebraucht!«

»War einer schneller als ich?«, fragte ich unter dem ausgelassenen Gejohle der anderen, während ich in kurzer Hose und wacklig auf den Beinen vor ihm stand.

»Nur vier Mann in einem Abfahrtsboot, aber keiner im Einer. Das war wirklich klasse«, lobend klopfte er mir auf die Schulter.

»Wann ist denn die Siegerehrung?«, fragte ich ihn.

»Welche Siegerehrung? Das ist eine Rallye. Es gibt keinen Pokal. Jeder, der in dreieinhalb Stunden hier ankommt, erhält eine Plakette, du natürlich eine besonders große.« Er lachte.

Ich musste ihn wohl sehr ungläubig und enttäuscht angeschaut haben.

»Na ja«, sagte er und drückte mich an sich,

»nimm es nicht so schwer. Dafür ernenne ich dich hier und jetzt zum Supertalent.«

Immer noch um Fassung ringend, bemühte ich mich um Standfestigkeit.

## Wettkampf an der Ruhr

Wer hat sich in Jugendtagen nicht schon einmal wie ein Held gefühlt, kurz vor dem entscheidenden Kampf, im Glauben an seine Unbesiegbarkeit, mit grenzenlosem Vertrauen in die eigenen Fähigkeiten und Kräfte, einen sicheren Sieg vor Augen?

Den grandiosen Ausgang meines Kanurennens noch im Kopf, fieberte ich der nächsten Herausforderung entgegen, dem Gewinn einer Kajakregatta in Witten.
Für die angrenzenden Ruderklubs der Ruhrinsel bei Steeger stand ein großes lokales Ereignis bevor: zwei Mann, ein Boot und eine Strecke, Ruhr abwärts etwa achthundert Meter lang!
Start war bei den Kanufreunden Witten, Ziel in Höhe der Kanufreunde Neptun.
Großer Aufmarsch!
Der Steg bei Neptun war dicht belagert, die Stimmung gut, auch das Wetter spielte mit.
Werner und ich starteten im Faltbootzweier.

Damit es gerecht zuging, mussten zum Start alle Boote auf gleicher Höhe sein. Jedes Boot wurde deshalb am hinteren Ende von einem Jungen gehalten, der auf einer schwimmenden Insel lag. Die kleinen Inseln waren dabei an einem Drahtseil befestigt, das über die Ruhr gespannt wurde, sonst wären sie munter flussabwärts getrieben.

In einem Boot stehend, korrigierte ein Mann mit einem Megaphon die Jungen: »Nummer drei, ein Stückchen vor. Bleiben. Nummer vier, ein Stückchen zurück. Gut so.«

Als wir alle auf gleicher Höhe waren, kam das Startzeichen.

Von Anfang an lagen wir an der Spitze.

Wir bauten unseren Vorsprung immer weiter aus.

Noch waren circa hundertfünfzig Meter zu paddeln.

Unser Vorsprung betrug jetzt etwa vier bis fünf Bootslängen.

Niemand, der etwas vom Paddeln versteht, hätte den Hauch eines Zweifels gehabt, wer das Rennen gewinnen würde.

Auch wir nicht!

Doch dann passierte, was vielleicht in hundert Jahren nur einmal vorkommt: Ein Drahtseil des Ruders löste sich!

Zum besseren Verständnis: Hinten im Faltbootzweier gibt es zwei Fußpedale. Von dort geht jeweils ein Drahtseil nach hinten zu einem kleinen Ruder. Sobald sich eines davon löst oder gar reißt, bleibt das Ruder in der letzten Stellung, das Boot ist manövrierunfähig. An ein Geradeausfahren ist nicht mehr zu denken!

Ausgerechnet uns passierte genau das auf den letzten einhundertfünfzig Metern!

Unser Ruder stand quer zum Boot. Eine Kurve fahrend, landeten wir in Seerosenblättern, die sich am Rande einer kleinen Bucht, nahe der Strömung angesiedelt hatten.

Noch immer hatten wir Zeit genug, denn fünf Bootslängen Vorsprung sind ein deutlicher Abstand.

Aufgeben?

Das kam überhaupt nicht in Frage!

Mit dem Paddel nach hinten stoßend, versuchte ich, das Ruder gerade zu stellen.

Für eine kleine Strecke gelang es, dann landeten wir erneut in den Seerosen.

Jetzt erst waren unsere Mitstreiter auf gleicher Höhe.

Ein dritter und letzter Versuch wurde gestartet …

Hoffnungslos verfingen sich Besatzung, Paddel und Boot in den Pflanzen.

Maßlose Enttäuschung!

Ja, ich sage Ihnen:

Im Leben an der Ruhr gibt es schon sehr verschlingende Pfade.

Na, wenn das keine Ruhrtragödie war!

# Eine Hundegeschichte

Die Schäferhündin lag zitternd und tief geduckt vor mir.

Ihr grauschwarzer Fellkörper schliff förmlich über den Boden, während sie auf allen vieren langsam und mit äußerster Vorsicht näher kam. Beide Ohren hingen herab. Es sah aus, als wollten sie ihr Gehör vor allzu großer und grober Lautstärke schützen: Lautstärke, die sie maßregelte, missachtete, ihr das Unheil ankündigte.

Ihre braunen Augen schauten mich aufmerksam und voller Angst an, beobachteten jede meiner Regungen, ließen mich nicht los, um schon bei der kleinsten zu schnellen Bewegung, etwa dem Heben einer Hand oder des Fußes, die Flucht zu ergreifen.

Niemand hätte tiefer in den Staub sinken können.

Fast vierzehnjährig, stand ich vielleicht vier, fünf Schritte vor ihr und hielt den Atem an. In dem Bestreben, ihr näher und näher zu kommen, vermied ich alles Ruckartige, gab keinem übereilten Impuls nach und sprach so leise und liebevoll zu ihr, wie ich nur konnte.

Die Hündin erreichte die Grenze, die der Mut ihr setzte, versuchte es aber erneut, wollte immer wieder näher kommen, schaffte es jedoch nicht. Zu groß und mächtig war die Angst, die in ihrem Körper tobte.

Instinktiv ging ich vor ihr in die Knie, bog meinen Oberkörper nach vorn, machte ihn rund und klein. Meine linke Hand schob sich langsam gleitend am Boden mal vor, mal zurück, immer etwas näher zu ihr hin. Meine Knie folgten dem Rhythmus, während ich immer wieder ihren Namen wie eine Beschwörungsformel betete:

»Tora, Tora, komm. Komm Tora. Du schaffst es. Komm Tora. Tora, Tora, komm.«

Kaum ein Jahr später sprang mir freudig eine Hündin entgegen, wenn ich nach Hause kam.

Kaum zu glauben, dass es die gleiche war!

Auf Gut Schede, im westfälischen Herdecke, bewohnten wir einige Jahre lang eine Mietwohnung auf dem Hof. Dort verkaufte meine Mutter zu dieser Zeit Milch für die Gutsherrin, die alte Frau Harkort.

Besonders in den Sommermonaten kamen häufig Kindergartengruppen dorthin.

Wenn meine Mutter Tora[1*] mit hinausnahm, verloren die Kinder schnell ihre anfängliche Furcht. Sie spielten mit der Schäferhündin, streichelten sie, zerzausten sie oder legten sich einfach auf sie. Sogar als Reittier ließ sich Tora benutzen.

Aufmerksam und wachsam blieb sie ständig in der Nähe der Kinder. Ihre Geduld und Ausdauer waren geradezu bewundernswert.

Wenn es ihr doch einmal zu viel wurde, setzte sie sich einen Augenblick auf Schwanz und Hin-

---

1 *Die »Tora« ist eine alte Pergamentrolle, die unter anderem eine Hauptquelle der jüdischen Ethik ist. Sie ist ein Wegweiser für das Denken und den Lebenswandel.*

terpfoten, hechelte ausgiebig, um im nächsten Moment wieder ganz bei den Kindern zu sein.

Tora hatte das Vertrauen in sich und die Welt wiedergefunden. Misshandelt und geschlagen war sie zu uns gekommen.
Liebe und Treue waren ihre Antwort auf den erlittenen Schmerz.

# Eine Frage der Ehre

Ich hatte mich verliebt, mit sechzehn, bei einem offiziellen Besuch »nach drüben«, fern der BRD, im kleinen »Arbeiter- und Bauernstaat«.

Über die Deutsche Kommunistische Partei, in der meine Eltern Mitglied waren, fuhren wir gemeinsam auf eine sogenannte »Delegationsfahrt«. Auch eine Arbeiterfamilie sollte einmal in den Genuss kommen, einen günstigen Urlaub zu verleben.

Dort angekommen, bot sich uns die Sonnenseite des Systems.

Es wurde alles nur Erdenkliche getan, uns den Aufenthalt so angenehm wie möglich zu gestalten.

Ich erinnere mich, dass wir in einem Haus untergebracht waren, in der alle Angestellten, von der Küche aufwärts bis zur Rezeption, dienstbeflissen und überaus freundlich schon im Voraus alle eventuellen Bitten und Wünsche zu ahnen schienen.

»Wenn euch am Frühstücksbuffet etwas fehlen sollte, etwa Lachsschinken, oder ihr lieber gebratene Eier als gekochte essen möchtet, scheut euch nicht, es uns zu sagen. Wir besorgen das dann umgehend. Schließlich wollen wir, dass ihr euch, als unsere Gäste, wohlfühlt.«

Nun ja, das Wort Lachsschinken hatte ich schon einmal gehört, aber …

Alles in allem war es eine vorauseilende Bedienung.

Für mich als Arbeiterkind war das sehr fremd.

Ich war es gewohnt, für meine Dinge selbst zu sorgen.

Täglich traf ich mich mit einem Mädchen aus der Küche.

Meine zurückhaltende und eher vorsichtige Art schien ihr zu gefallen. Häufig blödelten und witzelten wir bei unseren Treffen über das Personal.

»Ja, wenn ihr dies wünscht … könnt ihr aber auch noch das … wie gesagt, auch das ausgesprochen Unmögliche haben wir schon in seinen Möglichkeiten durchdacht, es liegt uns nämlich sehr am Herzen, dass ihr euch bei uns, wie gesagt, bis aufs Äußerste wohlfühlt.«

So vergingen die drei Wochen und wir fuhren wieder zurück.

Ich hielt mit meiner Freundin regen Briefverkehr. Durch die vielen Briefe wurde die Sehnsucht nicht gerade gestillt, im Gegenteil, sie wuchs und zeigte sich von ihrer leidenschaftlichsten Seite.

Da ich aber nicht das nötige Fahrgeld für einen Besuch hatte, musste ich eine andere Möglichkeit ersinnen, um ein Treffen zu organisieren.

Im folgenden Jahr sollte eine kleine Gruppe von »DKPlern« einige Produktionsstätten des Proletariats besichtigen, kurz und bündig »VEBs« genannt. Für diese Fahrt meldete ich mich an.

Dort angekommen, besuchte ich zunächst auch einen Stahl verarbeitenden Betrieb. Da ich sehr interessiert war, geriet ich in ein ausführlicheres, im Plauderton geführtes Gespräch mit einem Arbeiter an einer Drehbank, während sich der Tross mit dem Genossen Betriebsleiter weiter voranschob. Als er nach wenigen Minuten bemerkte, dass ich zurückgeblieben war, wurde ich freundlich, aber bestimmt darauf hingewiesen, dass der Zeitrahmen doch eng gesteckt sei und daher eingehendere Gespräche nicht möglich wären.

Sie schienen auch wohl nicht erwünscht zu sein.

Am darauffolgenden Tag, so hatte ich es schon vor der Fahrt geplant, wollte ich »krank« sein. Am Abend zuvor setzte ich eine Leidensmiene auf und bat meinen Zimmergenossen mehrmals, mich für den morgigen Ausflug zu entschuldigen. Da sein Blick lange und mitleidig auf mir ruhte, gestand ich ihm meinen Herzenswunsch, den ich nun schon ein ganzes Jahr mit mir herumtrug. Falls etwas wäre, sollte ich ihm mal den Treffpunkt nennen, damit er mich dort bei unangenehmen Nachfragen benachrichtigen könnte.

Vertrauensvoll nannte ich ihm den Namen der Gaststätte.

Am nächsten Tag lief zunächst alles wie am Schnürchen.

Die Gruppe verabschiedete sich. Ich brach zum vereinbarten Treffpunkt auf. Meine Gefühle waren zwiespältig, nicht etwa weil ich mich unerlaubt traf, oder nicht mehr richtig verliebt war. Nein, die Achterbahn der Gefühle, die aus Scham und einer gleichzeitigen, sich selbst vergessenen Sehnsucht bestanden, wurden durch mein Äußeres hervorgerufen.

Ich hatte inzwischen eine starke Akne bekommen, wegen der ich auch in einer Hautklinik behandelt wurde.

So betrat ich schüchtern und nicht ohne Angst den auserkorenen Ort des Stelldicheins.

Beim Treffen wollte ich mich entschuldigen, redete ziemlich wirr und stammelte: »Mein Gesicht sieht ein wenig runder ... heller aus, wegen ... Ich hab mehr Salbe genommen, weil ... und damit ich nicht im Spiegel ...«

Sie lächelte! Ihr Lächeln war für mich wie ein

warmer Sommerregen, der sich behutsam und liebevoll auf meine Seele ergoss.

»Ich finde dich so süß. Ich mag dich, wie du bist.«

Ihre Worte zauberten plötzlich eine unerwartete Leichtigkeit hervor. Wir erzählten und erzählten, bis mich ein Mann von hinten ansprach.

Das Gesicht meine Freundin blickte ängstlich und völlig überrascht.

Jetzt fielen harte und entzaubernde Worte wie »Staatssicherheit« und »unerlaubtes Kontaktieren einer DDR-Bürgerin.«

Was ich mir denn dabei so denke?

Ob schon mal Treffen stattgefunden hätten und welche Themen besprochen worden seien?

»Wie bitte? Sie ist nur meine Freundin. Wir treffen uns seit meiner Ankunft zum ersten Mal!«

Eine kurze Schrecksekunde später nahm ich eine aufrechte Haltung an. Die war jetzt mehr von Unerschrockenheit und durch den ehernen Satz meines Vaters geprägt:

»Klaus, selbst wenn es der Kaiser von China ist, wir buckeln nicht!«

Mir fiel nun auf, dass der Leiter unserer Delegationsgruppe und ein zweiter Mann von der Staatssicherheit zu der Einsatztruppe gehörten. Nach kurzem, knappen »Dürfen wir?« setzten sich jetzt alle mit an unseren Tisch.

»Dürft ihr.«

Der zweite Beauftragte wirkte zunehmend entspannter als der »Entzauberer«. Er konnte sich ein Grinsen nicht verkneifen. Dann folgte ein belehrender Monolog meines Genossen Delegationsleiters:

Dass mir doch bekannt sein müsse …, schließlich wäre ich nicht seit gestern Genosse …, und so was ginge auf gar keinen Fall …, das habe ein disziplinarisches Nachspiel, welches im Rahmen einer Kommission von der Partei …, und ich solle jetzt sofort mitkommen.

»Ach so, ganz freihändig, ohne Handschellen?«, entfuhr es mir, und dabei streckte ich ihm immer

weiter meine Arme entgegen, während ich meine Handflächen drehte.
Jetzt schien das Maß voll zu sein.
Der »Entspannte« wollte mit den folgenden Worten: »Lassen wir die junge Liebe doch«, beruhigen.
Er grinste den »Entzauberer« an, worauf dieser mit geschlossenen Augen bedächtig und langsam nickte.

Nur die »Position West« war damit so gar nicht einverstanden. Der Delegationsleiter, auch als »Genosse Bartträger« bekannt,
dem der marxistische Bart im Vorbild unseres Karls, jedoch noch viel zu kurz und zu spitz gewachsen war, meckerte hartnäckig weiter.
Im Folgenden einigten wir uns in unserem zunächst verbal geführten, sozialistischen Disput mit dem Konsens, das Rendezvous zwar sofort zu beenden, allerdings mit der Einschränkung, »dass ich meine Freundin noch bis zur Haustür bringen darf«.

Sie boten daraufhin an, uns mit einem Kleinbus bis zum Bahnhof zu bringen. Von dort aus könnte ich dann weiter mit dem Mädchen fahren, um es nach Hause zu bringen.

Als wir am Bahnhof ankamen und ausstiegen, wurde mir jedoch unmissverständlich deutlich gemacht, ich hätte mich »Hier und Jetzt« zu verabschieden.

»Das könnt ihr vergessen!
Das kommt überhaupt nicht in die Tüte.
Es gehört sich so, dass das Mädchen sicher nach Hause gebracht wird.
Das ist eine Frage von Ehre und Anstand.
Das habe ich so gelernt.«

Ich hatte den letzten Satz noch nicht ganz ausgesprochen, als mich »Genosse Ziegenbart« hart und unkontrolliert packte und am Arm zog.
Ich riss mich los.
Eindringlich warnte ich ihn, das nicht noch einmal zu versuchen.

Nun griffen so einige Hände zu und versuchten, mich in den offenen Bus zu drücken. Es gelang ihnen nicht.

Eine Rangelei entstand, aus der ich mich aber befreien konnte.

»Klaus, bitte fahr mit ihnen«, hörte ich jetzt die flehende Bitte meiner Freundin.

»Ich bekomme große Schwierigkeiten, hörst du, Klaus?«

Ihr Gesicht war voller Angst.

Ich verstand und stieg in den Bus.

Während der ganzen Rückfahrt hielt ich einen feurigen Vortrag über die Regeln des Anstands.

Sie waren still und sagten nicht ein Wort.

Zurück im Bezirk West hatte meine Liebesgeschichte tatsächlich ein Nachspiel.

Wie erwartet, zeigte sich mein Vater solidarisch.

Er legte über das unanständige Verhalten des »Genossen Ziegenbart« offiziell Beschwerde beim Bezirk in Bochum ein.

Vor einem Untersuchungsausschuss musste dieser sich dann erklären.

Zu meiner Genugtuung sah er sich letztendlich gezwungen, sich zu entschuldigen.

Eines hatte »Ziegenbart« in jedem Fall gelernt:

Auch in seiner kommunistischen Partei werden Mädchen nach einem Rendezvous grundsätzlich nach Hause gebracht.

## Ruhrwiesenbekanntschaft

Einst lag ich an der Ruhr
und
schaute einer Kuh so zu

Die welche so gemütlich lag
und gar gemächlich kaute
während ich schaute

Da sah ich dann
wie klug dies Tier

und müde wurd' ich
angestrengt vom Schauen

wie die Zähne mahlten langsam
das Gras

Nun ja,
das war's

**Mein Angebot an Sie: Lesungen**

Für Senioreneinrichtungen biete ich **Schauspielerische Lesungen** mit selbst erlebten Ruhrgeschichten aus Kindheit und Jugend.

Als Altentherapeut habe ich viel Erfahrung in der Gestaltung von unterhaltsamen Stunden sammeln dürfen. Ich habe keinerlei Berührungsängste und bleibe dabei in einer respektvollen Haltung zum Menschen.

Als Künstler lege ich Wert auf eine lebendige Darstellung. Körpersprache, Gestik und Mimik setze ich sehr bewusst ein.

Als Autor suche ich den unmittelbaren Kontakt zum Zuhörer. Auf Wortbeiträge gehe ich flexibel ein.

Statt einer langen Vorrede …

Es gäb' so viel zu sagen
von jedem Menschen hier
ich möcht' so vieles fragen
und beginnen hier mit Dir!

Hast Du gefunden jenen stillen Ort
an dem Du tapfer bist und klug?

Wo Freude wartet?
Ein Lächeln Dich begrüßt?

Eine Hand, die Deine hält
in einer Welt?

Hast Du gefunden all das Glück
das stets in leeren Truhen weilt?

Wenn ja!
Dann ist Dir das Glück beschienen
dich ganz als Mensch
so unter Menschen
hier zu fühlen

Klaus Fredi Funke


*In meinen Lesungen können sich Menschen frei begegnen, Augenblicke ohne Angst und voller Hei-*

*terkeit erleben. Durch berührende Geschichten mit ihren Gedanken in die eigene Kindheit und Jugend reisen. Die Erinnerungen als ihr Kleinod, ihre kleinen Meilensteine begreifen, die sie als Menschen auf ganz wundersame Art geformt haben.*

Vita:
Klaus Fredi Funke, geb. 07. 01. 1955 in Witten
Ruhrgebietskind
Stahlarbeiter bei Thyssen
Ausbildung als Erzieher
Theaterspieler
Clown
Altentherapeut
Autor
Mit zehn Jahren erste Gedichte und Geschichten
Kontaktdaten:
mail: klaus_funke@yahoo.de
      klausfredifunke.wordpress.com

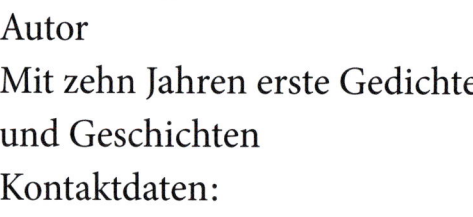